巍巍中文 100

浙江大学中文系百年庆典

胡可先　张广海　主编

ZHEJIANG UNIVERSITY PRESS
浙江大学出版社
·杭州·

图书在版编目（CIP）数据

巍巍中文：浙江大学中文系百年庆典 / 胡可先，张广海主编 . -- 杭州：浙江大学出版社，2022.10
ISBN 978-7-308-23141-1

Ⅰ.①巍… Ⅱ.①胡… ②张… Ⅲ.①纪实文学 - 中国 - 当代 Ⅳ.① I25

中国版本图书馆 CIP 数据核字（2022）第 189897 号

巍巍中文——浙江大学中文系百年庆典

胡可先　张广海　主编

责任编辑　宋旭华

责任校对　赵佳越　周烨楠

封面设计　浙信文化

出版发行　浙江大学出版社

（杭州市天目山路 148 号　邮政编码 310007）

（网址：http://www.zjupress.com）

排　　版　杭州浙信文化传播有限公司

印　　刷　杭州宏雅印刷有限公司

开　　本　710mm×1000mm　1/16

印　　张　12

字　　数　183 千

版 印 次　2022 年 10 月第 1 版　2022 年 10 月第 1 次印刷

书　　号　ISBN 978-7-308-23141-1

定　　价　100.00 元

浙江大学出版社市场运营中心电话（0571）88925591；http://zjdxcbs.tmall.com

目　录
CONTENTS

系庆讲座

系庆图书

系庆邀请

百年庆典文字编

公告议程

贺辞贺联

庆典致辞

百年庆典

图片编

会议场景

庆典会议

庆典海报

庆典会议

发展研讨会

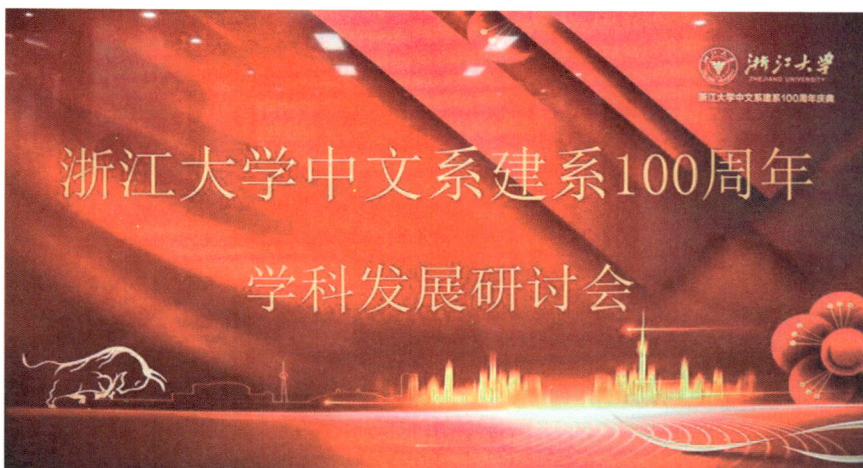

庆典贺联

复旦大学贺联

庆典主持 ▌

王云路主持

庆典致辞▌

黄先海致欢迎辞

楼含松宣读贺辞

胡可先学科汇报

朱刚致辞

蒋承勇致辞

范一民致辞

陈坚致辞

吴秀明致辞

叶晔致辞

朱泳霏致辞

会议发言人合集

系庆讲座 ▎

程光炜教授讲座：

抢救当代文学史史料

| 主讲人：程光炜
中国人民大学文学院教授

| 主持人：吴秀明
浙江大学中文系教授

| 主讲人简介
　　程光炜，中国人民大学文学院教授，博士生导师。中国当代文学研究会副会长。先后在《文学评论》《文艺研究》《文艺争鸣》《中国现代文学研究丛刊》等权威和核心杂志发表论文200余篇，有20余篇论文被《新华文摘》全文转载。出版著作十余部。在八十年代文学史研究领域，提出的当代文学历史化的观点，被学界广泛运用，产生了一定的影响。同时，多次参加欧美、日韩和港台地区的学术会议，讲学活动。

浙江大学"百年中文"系列讲座

抢救当代文学史史料

本讲座不是关于文学史料建设的理论，而是针对具体问题而做的一般性讨论。与此同时，拟对十七年作家和八九十年代作家的史料整理，及其相关问题展开具体分析。这种分析将有助于对文学史料整理工作的重点和难点的理解。

| 时间
2020年12月28日 14:00—16:00
| 地点
浙江大学人文学院大楼429室
| 直播
腾讯会议 ID：743 129 908
（可扫描二维码入会）

浙江大学中国语言文学系

崔希亮教授讲座：
语言研究的方法和选题

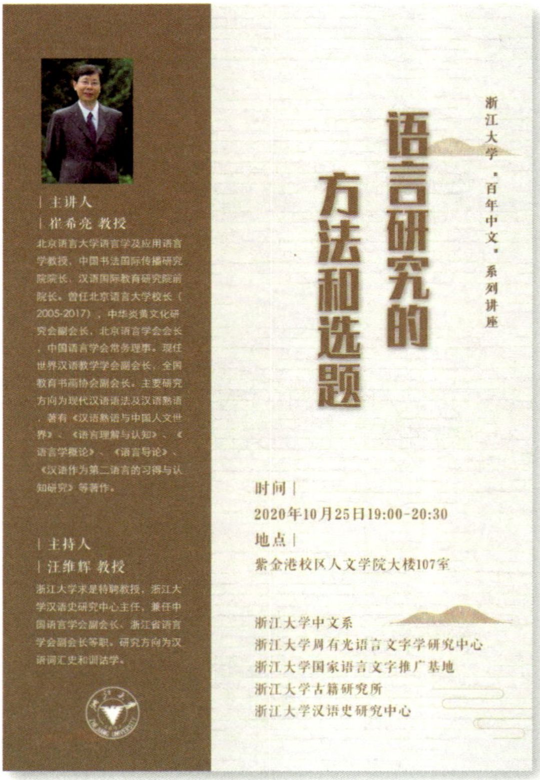

党圣元教授讲座：
“辩体明性”与传统文体批评

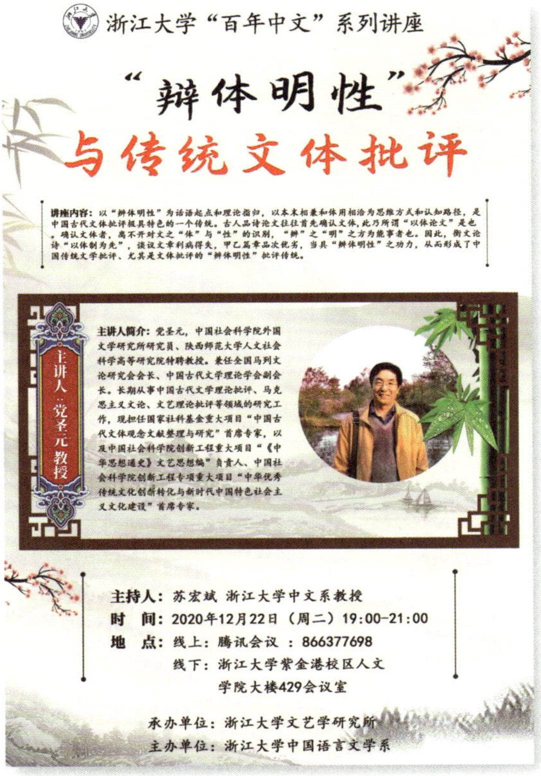

江荻教授讲座：
藏语形容词的音节数形态与形态类型

浙江大学"百年中文"系列讲座

藏语形容词的
音节数形态与
形态类型

主讲人
江荻 教授
江荻，博士，江苏师范大学特聘教授，中国社会科学院民族学与人类学研究所研究员，博士生导师，全国语言文字标准化技术委员会委员、中文信息学会理事，历任中国社会科学院语音学与计算语言学重点实验室主任、中国社会科学院创新工程首席研究员、中国民族语言学会副会长等职。
主要研究领域为计算语言学、汉藏语言学和历史语言学，出版《汉藏语言演化的历史音变模型》等著作10余部

时间|
2020年12月12日（周六）14:30
地点|
浙江大学紫金港校区人文楼1111室
腾讯会议直播
ID 145 981 095（请发送邮件至
495087361@QQ.COM索取密码）

主持人
庄初升 教授
庄初升，博士，浙江大学中文系教授，文科领军人才，国家语言文字推广基地执行主任

浙江大学中国语言文学系
浙江大学国家语言文字推广基地

刘钊教授讲座：
马王堆汉墓帛画《太一出行图》解读

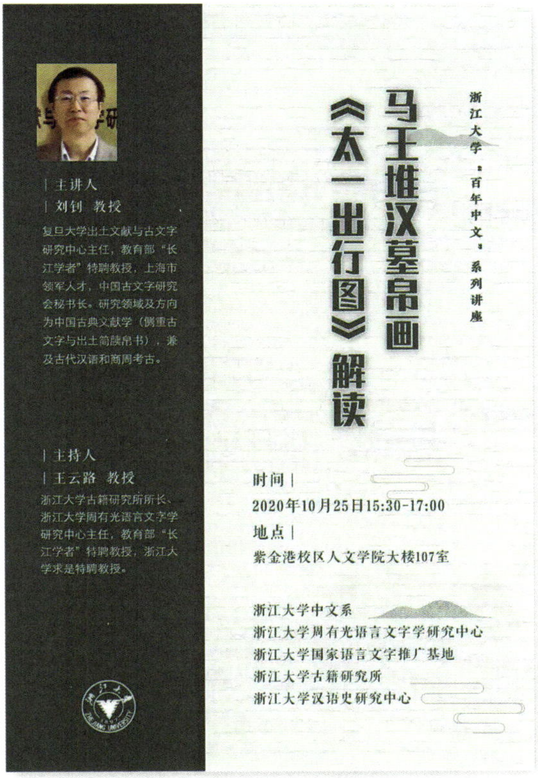

钱志熙教授讲座：

吟咏性情——中国古代文人诗学的主轴

浙江大学「百年中文」系列讲座

吟咏情性
——中国古代文人诗学的主轴

主讲人：

钱志熙 教授

北京大学中文系教授、教育部长江学者特聘教授。北京大学古代文体研究中心主任、中国李白研究会会长、中华诗词学会副会长。主要从事中国古代诗歌及其相关的思想文化背景的研究，集中于汉魏乐府、魏晋南北朝诗歌、唐诗、宋诗等领域，著有《魏晋诗歌艺术原论》《唐前生命观和文学生命主题》《黄庭坚诗学体系研究》《陶渊明传》《陶渊明经纬》等专著10余种，发表学术论文190余篇，杂文诗歌若干篇。获教育部高校人文科学优秀成果奖等多种奖项。

时间：
2020年11月21日
周六上午10点

地点：腾讯会议
ID：538 188 339

主持人：

周明初 教授

浙江大学中国语言文学系
浙江大学中国古代文学与文化研究所

王贵元教授讲座：
汉字发展阶段及其演进机制

| 主讲人 |
| 王贵元 教授

中国人民大学教授、博士生导师，汉语言文字学学科带头人。现为中国人民大学吴玉章中国语言文字研究所所长、中国文字学会常务理事、中国人民大学复印报刊资料《语言文字学》主编、《吴玉章中国语言文字研究所集刊》主编、《中国文字学报》《中国文字研究》《简帛语言文字研究》《勷坛语言学刊》等编委。主要研究领域及方向为文字学、词汇学。

| 主持人 |
| 方一新 教授

浙江大学求是特聘教授、浙江大学汉语言研究所所长、浙江大学国家语言文字推广基地主任，主要研究方向为中古汉语词汇和训诂学。

浙江大学 · 百年中文 · 系列讲座

汉字发展阶段
及其演进机制

时间 |
2020年10月23日19:00-20:30
地点 |
紫金港校区人文学院大楼107室

浙江大学中文系
浙江大学周有光语言文字学研究中心
浙江大学国家语言文字推广基地
浙江大学古籍研究所
浙江大学汉语言研究所

吴振武教授讲座：

从《张黑女志》谈起——收藏、眼光、学术、常识、旁通

主讲人：吴振武
吉林大学考古学院教授

主持人：方一新
浙江大学中文系教授

主讲人简介：吴振武，吉林大学考古学院古籍研究所匡亚明特聘教授，博士生导师，吉林大学学位评定委员会副主席。曾任吉林大学古籍研究所所长、研究生院院长、副校长。主要社会兼职有：中国古文字研究会会长、中国文字学会副会长、中国殷商文化学会理事、全国古籍整理出版规划领导小组成员、全国古籍保护工作专家委员会委员、国务院学位委员会第六第七届学科评议组成员、国家社科基金学科评审组专家。曾出版《殷墟甲骨刻辞类纂》（合作）《〈古玺文编〉校订》等专著5部，独立发表学术论文近百篇。指导出全国优秀博士学位论文1篇、提名论文2篇。

从《张黑女志》谈起

——收藏、眼光、学术、常识、旁通

浙江大学"百年中文"系列讲座

浙江大学"领基计划"汉语言文学（古文字学方向）专题讲座

时间：2020年11月29日19:00—20:30
地点：紫金港校区人文大楼107室

浙江大学中国语言文学系
浙江大学汉语史研究中心

肖瑞峰教授讲座：
白居易及其诗歌在日本平安朝的传播与接受

浙江大学「百年中文」系列讲座

白居易及其诗歌在日本平安朝的传播与接受

主讲人 肖瑞峰

浙江工业大学人文学院教授，浙江大学中文系博士生导师。先后获评为国家级教学名师、国家万人计划教学名师、浙江省特级专家。学术兼职有中国韵文学会会长、中国宋代文学学会副会长等，已出版《日本汉诗发展史》《晚唐政治与文学》《中国古典诗歌在东瀛的衍生与流变研究》《刘禹锡诗论》《刘禹锡诗传》《刘禹锡新论》等多种学术专著，并在《文学评论》《文学遗产》《文艺理论研究》等刊物发表专题研究论文100余篇。先后获教育部及浙江省科研成果奖8项、国家级优秀教学成果奖3项。近年从事文学创作，在《中国作家》《人民文学》《当代》《十月》等大型文学期刊发表中、长篇小说数十篇，多篇为《小说选刊》《小说月报》《中篇小说选刊》等转载。已出版中篇小说集《独歌》《儒风》《静水》（合为"大学三部曲"），长篇小说《回归》，非虚构文学《青葱岁月的苔迹》等。

主持人 周明初

浙江大学中文系教授，中国古代文学与文化研究所所长。

2020/12/16
15:00—17:00
浙江大学紫金港校区
人文大楼1003室

浙江大学中国语言文学系
浙江大学中国古代文学与文化研究所

25

张福贵教授讲座：
回答近年鲁迅研究的几个问题

| 主讲人：张福贵
吉林大学哲学社会科学
资深教授

| 主持人：吴秀明
浙江大学中文系教授

| 主讲人简介

张福贵，吉林大学哲学社会科学资深教授。教育部长江学者特聘教授、"万人计划"领军人才、国家级教学名师。兼任国务院学位委员会第七届中文学科评议组召集人、教育部高校中文类专业教学指导委员会主任委员等。主要从事鲁迅研究、20世纪中国文学与文化研究等。在《中国社会科学》《文学评论》等发表论文300多篇，出版专著译著13部。获教育部人文社科优秀成果一二三等奖多次，著作入选国家哲学社会科学成果文库。主持国家社科基金重大项目2项。

回答近年鲁迅
研究的几个问题

浙江大学『百年中文』系列讲座

近些年来学界与社会上对于鲁迅的性格、人格和思想等都提出了很多质疑和贬损。有的是历史旧说，有的是当下新题。作为鲁迅研究完学人应该对此做出自己的回答。

| 时间
2020年12月7日 15:00-17:00
| 地点
浙江大学人文学院大楼903室

浙江大学中国语言文学系

赵敏俐教授讲座：
中国早期经典文本生成问题

主講人：
趙敏俐 教授

首都師範大學燕京人文講席教授。中國《詩經》學會、中國屈原學會、樂府學會副會長。主要從事先秦兩漢文學與文化研究。主要學術著作有《兩漢詩歌研究》《先秦君子風範》《漢代樂府制度與歌詩研究》《中國詩歌通史》（主編兼漢代卷作者）等。承擔過國家社科基金重大項目等各種項目，其成果先後獲得教育部人文社會科學優秀成果一等獎、北京市哲學社會科學優秀成果特等獎等多項。

主持人：
周明初 教授

浙江大學中文系教授、中國古代文學與文化研究所所長。

浙江大學「百年中文」系列講座

中國早期經典文本生成問題

2020/12/03
周四19:00-20:30
紫金港校區
人文大樓1003教室

浙江大學中國語言文學系
浙江大學中國古代文學與文化研究所

27

朱刚教授讲座：
南宋"演僧史"话本蠡测

浙江大学"百年中文"系列讲座

南宋「演僧史」话本蠡测

主讲人 朱刚

浙江绍兴人，1969 年生，1987—1997 年就读于复旦大学中文系，获博士学位，复旦大学教授、博士生导师，中文系主任，为教育部"新世纪人才"，中国宋代文学学会副会长，《新宋学》主编。主要研究方向为唐宋文学、佛教，著有《宋代禅僧诗辑考》《唐宋四大家的道论与文学》《唐宋"古文运动"与士大夫文学》《唐宋诗歌与佛教文艺论集》《中国文学传统》《苏轼十讲》《苏轼苏辙研究》等。

主持人 胡可先

浙江大学求是特聘教授，中文系主任。

2020/12/17
15:00—17:00
浙江大学紫金港校区
人文大楼 1003 室

浙江大学中国语言文学系
浙江大学中国古代文学与文化研究所

吕建明先生讲座：
我曾经想写的五本书

我曾经想写的五本书
——兼谈浙江大学（杭州大学）商人的人文底色

浙江大学「百年中文」校友系列讲座

主讲人
吕建明

通策控股集团董事局主席、浙江大学校董、杭州浙江大学校友会会长。1984至1988年就读于浙江大学（原杭州大学）中文系。

主持人
胡可先

浙江大学求是特聘教授，中文系主任

主办单位
浙江大学中国语言文学系

2020/09/20
15:00—17:00
浙江大学紫金港校区
人文大楼100室

周国辉先生讲座：
一个大有可为的时代

浙江大学「百年中文」校友系列讲座

一个大有可为的时代：漫谈十四五

主讲人
周国辉

浙江宁波人，1960年生，1982年毕业于杭州大学中文系。历任浙江省人大常委会研究室主任，浙江省台州市委副书记，浙江省舟山市市长，浙江省科技厅厅长，浙江省知识产权局局长。现任浙江省政协副主席。

主持人
胡可先

浙江大学求是特聘教授，中文系主任。

主办单位
浙江大学中国语言文学系

2020/12/16
15:00—17:00
浙江大学紫金港校区
人文大楼107室

系庆图书

中文系系史

浙大中文一百年

浙江大學中文系，肇始于一九二〇年之江大學國文系，這也是現代大學教育意義上的中國語言文學系在浙江的發端，距今恰爲一百周年。如尋源而溯始，其濫觴于一八九七年育英書院的建立以及求是書院創立時期國文課程的開設，距今已有一百二十三年。若因枝以振葉，一九二八年浙江大學文理學院中國語文學門成立，中文系的歷史脈絡遠如二水并流：其一爲育英書院、之江學堂，之江大學國文系，其二爲求是書院國文課，浙江高等學堂文科、國立浙江大學文理學院中國文學系和師範學院國文科。遠兩鋒絡在新中國成立之初的學科和院系調整過程中匯聚爲浙江師範學院中文系，後爲杭州大學中文系，直至現在的浙江大學中文系。

浙大中文一百年

一

百年來，東南學脈綿延，湖山學統不墜。浙江大學中文系的歷史折射了中國現代教育事業的發展，爲中國語言文學學科的建設和發展作出了重要貢獻。二〇一一年，《浙江大學中文系系史》三卷本出版，全面回顧與整理了浙江大學中文系的歷史。今值浙江大學中文系正式建系百年之際，我們以《系史》爲基礎輯爲這部簡明的《浙大中文一百年》，以耀輝光，復啓新紀。

浙江大學中文系
二〇二〇年十月

浙大中文学术丛书

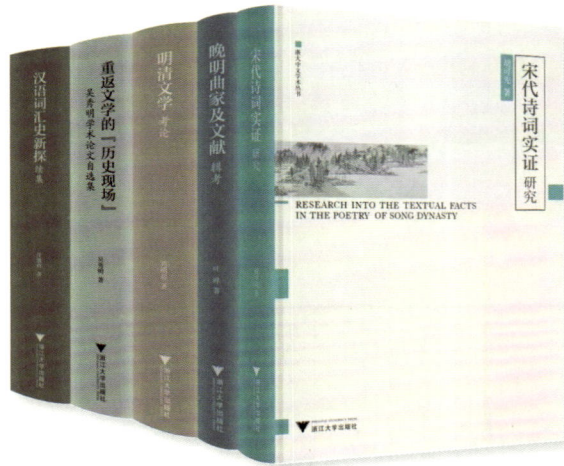

中文学术前沿

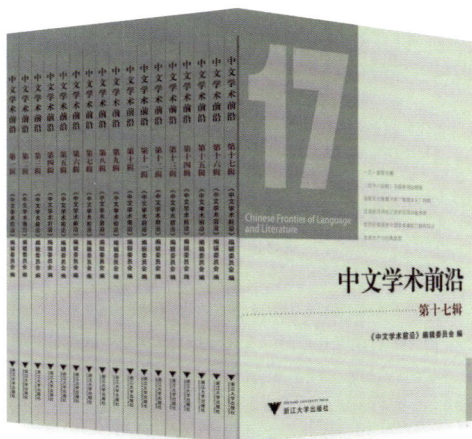

浙大先生书系

系庆邀请

浙江大学中文系建系一百周年庆典邀请函

浙江大学中文系建系一百周年庆典
邀请函

　　浙江大学中文系，滥觞于 1897 年求是书院和育英书院国文课程的开设，而作为现代高等教育学科意义上的中文系，肇始于 1920 年之江大学国文系的创建，距今恰为一百周年。一百多年来，从求是书院到国立浙江大学，从育英书院到之江大学，从浙江师范学院到杭州大学，校名虽屡经变迁，但中文系这三个大字以及它所承载的学脉和记忆，从未改变。百年来，中文系孕育集聚了大批名师硕儒，培养了无数英才，创造了精深的学术成果，建立了传承有序的学统，树立了谨严纯正的学风。为纪念建系百年的历程，浙江大学中文系拟于 2020 年 12 月 18 日举办百年庆典仪式，同时展开一系列学术活动。

　　特邀请您参加百年庆典仪式，望莅临指导，同襄盛举。

　　时间：2020 年 12 月 18 日（周五）上午 9 时

　　地点：浙江大学紫金港校区求是大讲堂

　　邀请人：中文系主任胡可先

　　联系人：中文系办公室主任郭昊

　　电　话：0571-88273356

　　邮　箱：zgyywx@zju.edu.cn

浙江大学中国语言文学系敬邀

34

浙江大学关于邀请浙江省政协领导函

浙 江 大 学

浙江大学关于邀请浙江省政协领导
出席人文学院中文系百年系庆仪式的函

浙江省政协办公厅：

　　为纪念浙江大学人文学院中文系建系一百年，我校拟定于2020 年 12 月 18 日在浙江大学紫金港校区召开人文学院中文系百年系庆仪式，并开展一系列学术活动，向长期以来关心与支持中文系发展的海内外各界人士表示诚挚的谢意。

　　我校诚挚邀请周国辉副主席出席 2020 年 12 月 18 日上午在浙江大学紫金港校区求是大讲堂举行的人文学院中文系百年系庆仪式。

　　专此致函，望予回复为盼。

　　附件：浙江大学人文学院中文系百年系庆仪式议程

2020 年 12 月 8 日

（联系人：胡可先　　联系电话：13861440776）

— 1 —

周国辉系庆讲座邀请函

浙 江 大 学

**浙江大学关于邀请浙江省政协领导
出席并执讲人文学院中文系专项讲座的函**

浙江省政协办公厅：

为推进浙江大学的思想政治教育与学科发展，深入落实立德树人的根本任务，人文学院中文系特设"一个大有可为的时代：漫谈'十四五'"的专项讲座，以引导师生更新教学理念，提高人才培养质量。

我校诚挚邀请周国辉副主席出席并执讲 2020 年 12 月 11 日在浙江大学紫金港校区人文学院 100 报告厅举行的"一个大有可为的时代：漫谈'十四五'"的专项讲座。

专此致函，望予回复为盼。

附件：浙江大学人文学院中文系专项讲座议程

浙江大学
2020 年 12 月 8 日

（联系人：胡可先　　联系电话：13867440776）

— 1 —

附件

浙江大学人文学院中文系专项讲座议程

时　　间：2020 年 12 月 11 日 15:00
地　　点：浙江大学紫金港校区人文学院 100 报告厅
主　　题：一个大有可为的时代：漫谈"十四五"
主　　持：浙江大学人文学院中文系主任　胡可先
议　　程：
　　一、主讲人介绍
　　二、讲座

— 2 —

百年庆典

文字编

公告议程 █

浙江大学中文系建系一百周年庆典公告

浙江大学中文系，设系始于 1920 年之江大学国文系，距今恰为一百周年。如寻源而溯始，当滥觞于 1897 年求是书院和育英书院创立时期国文课程的开设，距今已有 123 年。其后，1928 年国立浙江大学文理学院中国语文学门成立，中文系的历史脉络遂如二水并流，分别是：育英书院、之江学堂、之江大学国文系；求是书院国文课、浙江高等学堂文科、国立浙江大学文理学院中国文学系和师范学院国文系。这两条脉络在新中国成立之初的院系调整过程中汇聚，后为杭州大学中文系，直至现在的浙江大学中文系。

百年以来，浙江大学中文系孕育集聚了大批名师硕儒，培养了无数英才，创造了精湛深邃的成果，建立了传承有序的学统，树立了谨严纯正的学风。为纪念建系百年的历程，浙江大学中文系拟于 2020 年 12 月 18 日举办百年庆典仪式，同时展开一系列学术活动。

值此百年庆典之际，谨向长期以来关心与支持中文系发展的海内外各界人士表示诚挚的谢意；我们期盼海内外系友以各种不同形式为系庆活动和未来发展提供帮助和指导；我们诚邀广大系友、各级领导和各界人士同襄盛举，共谱未来！

特此公告，敬祈周知。

浙江大学中国语言文学系

2020 年 11 月 18 日

浙江大学中文系建系一百周年庆典邀请函

　　浙江大学中文系，滥觞于 1897 年求是书院和育英书院国文课程的开设，而作为现代高等教育学科意义上的中文系，肇始于 1920 年之江大学国文系的创建，距今恰为一百周年。一百多年来，从求是书院到国立浙江大学，从育英书院到之江大学，从浙江师范学院到杭州大学，校名虽屡经变化，但中文系这三个大字以及它所承载的学脉和记忆，从未改变。百年来，中文系孕育集聚了大批名师硕儒，培养了无数英才，创造了精湛深邃的成果，建立了传承有序的学统，树立了谨严纯正的学风。为纪念建系百年的历程，浙江大学中文系拟于 2020 年 12 月 18 日举办百年庆典仪式，同时展开一系列学术活动。

　　特邀请您参加百年庆典仪式，望莅临指导，同襄盛举。

　　时间：2020 年 12 月 18 日（周五）上午 9 时

　　地点：浙江大学紫金港校区求是大讲堂

　　邀请人：中文系主任胡可先

　　联系人：中文系办公室主任郭昊

　　电　　话：0571-88273356

　　邮　　箱：zgyywx@zju.edu.cn

浙江大学中国语言文学系　谨邀

浙江大学中文系建系一百周年庆典议程

会议时间：

2020 年 12 月 18 日上午 9 点

会议地点：

浙江大学求是大讲堂

会议议程：

主持人：王云路（教育部长江学者特聘教授、浙江大学敦和讲席教授、古籍研究所所长）

第一阶段（9：00—9：50）

主持人宣布浙江大学中文系建系一百周年庆典开幕

奏国歌

介绍与会嘉宾

1. 浙江大学副校长黄先海教授致欢迎辞。

2. 浙江大学人文学院院长、中文系教授楼含松宣读贺辞，主持赠联仪式。

（1）宣读贺辞（北京大学贺辞；慎海雄，马光明、周国辉，刘跃进等校友贺辞）

（2）赠联仪式：复旦大学中文系赠浙江大学中文系贺联（朱刚赠送，胡可先接收）

3. 浙江大学中文系主任胡可先教授做汇报发言。

现场合影（9：50—10：00）

第二阶段（10：00—11：30）

4. 复旦大学中文系主任朱刚教授致辞。

5. 中文系系友、省社科联主席、浙江工商大学教授蒋承勇先生讲话。

6. 中文系"七七校友奖学金"设立者代表范一民先生讲话。

7. 中文系老教师代表陈坚教授发言。

8. 中文系教师代表吴秀明教授发言。

9. 中文系青年教师代表叶晔教授发言。

10. 中文系学生代表 2020 级汉语言文学求是科学班朱泳霏同学发言。

会议闭幕：奏浙江大学校歌。

主持人宣布会议闭幕。

中午：就餐安排，参加会议代表用材料袋中饭票自行到西区留学生餐厅二楼就餐。

下午：中文学科教师下午 2：00 在人文大楼 429 室召开建系百年学科发展会议。

会场座位表

排次	左区						过道	中区						过道	右区					
第一排	王元骧	沈松勤	费君清	陈越孟	范一民	蒋承勇		黄先海	朱刚	吕建明	陈有西	沈勇	肖瑞峰		张梦新	俞忠鑫	褚稻孚	吴秀明	徐枫	胡可先
第二排	王云路	冯国栋	楼艳	沈玉	许阳	费丽	过道	韩泉欣	陈坚	张涌泉	王杰	楼含松	蔡荃	过道	金立（迟到）	黄擎	彭利贞	徐永明	陈东辉	史文磊
第三排	李旭平	黄大成	媒体预留	朱首献	陈洁	叶晖	过道	周明初	吴笛	方一新	周启超	宋旭华	刘进宝	过道	王国英	高晖	张玉娟	段园园	陈叶	徐海波
第四排	媒体预留	陈力君	媒体预留	李乃琦	王胜群	郑昊	过道	于文	金进	罗卫华	张广海	林晓光	仲瑶	过道	王潮霎	万杰政	媒体预留	媒体预留	媒体预留	媒体预留
第五排	博士后预留	博士后预留	博士后预留	博士后预留	张丽霞	博士后预留	过道	秘书预留	马光明（秘书）	周国辉（秘书）	黄先海（秘书）	吕建明（秘书）	秘书预留	过道	媒体预留	媒体预留	媒体预留	媒体预留	媒体预留	媒体预留
第六排	博士后预留	博士后预留	博士后预留	博士后预留	博士后预留	博士后预留	过道	机动	机动	机动	机动	机动	机动	过道						
第七排	研究生席	研究生席	研究生席	研究生席	研究生席	研究生席	过道	研究生席	研究生席	研究生席	研究生席	研究生席	研究生席	过道	研究生席	研究生席	研究生席	研究生席	研究生席	研究生席
第八排	研究生席	研究生席	研究生席	研究生席	研究生席	研究生席	过道	研究生席	研究生席	研究生席	研究生席	研究生席	研究生席	过道	研究生席	研究生席	研究生席	研究生席	研究生席	研究生席
第九排	学生席	学生席	学生席	学生席	学生席	学生席	过道	学生席	学生席	学生席	学生席	学生席	学生席	过道	学生席	学生席	学生席	学生席	学生席	学生席
第十排	学生席	学生席	学生席	学生席	学生席	学生席	过道	学生席	学生席	学生席	学生席	学生席	学生席	过道	学生席	学生席	学生席	学生席	学生席	学生席
第十一排	学生席	学生席	学生席	学生席	学生席	学生席	过道	学生席	学生席	学生席	学生席	学生席	学生席	过道	学生席	学生席	学生席	学生席	学生席	学生席

43

贺辞贺联 ▌

北京大学中文系贺信

尊敬的胡可先主任、浙江大学中文系全体师生：

在这个值得铭记的日子里，北大中文系全体师生，谨向浙大中文系的各位同行，致以由衷的祝贺！更向浙大中文系的百年辉煌历史，致以崇高的敬意！

"国有成均，在浙之滨。"作为传承悠远的老牌中文系，浙大中文系坐临东南，守护着这片土地最深厚的人文底蕴；指顾沧海，迎接着每个清晨最新鲜的霞光旭日。浙大中文系凝结着"东方剑桥"的灵魂，她阅尽沧桑而不固执封闭，明哲入时而不随波逐流，风骨高标而不失于温厚。她有严谨持重的传统学术，也有广阔通达的国际视野。百年以来，浙大中文人坚持着自己的操守，求是求真，以新知识、新思想启迪着民众，引领着学界。

"惟学无际，际于天地。"浙大中文系以求新务实的精神，开拓了中文学术各方面的疆界。在古汉语研究、先秦诸子研究、唐诗研究、词学研究、戏曲小说研究、外国文学与现代文学研究、马克思主义文艺学研究等诸多领域，浙大中文系都为人类文明贡献了多位不朽的大师。他们创造了汗牛充栋的学术经典，霑溉着一代又一代的中文学人。他们以高远的学术理想指导着具体的学术研究，将传统的学术精神贯注于新的研究对象，关注实际而不流于琐碎考据，更为后来者树立了学术楷模，开创了浙大中文的一脉学宗。

"树我邦国，天下来同。"浙大中文系为全国高校培养和输送了众多的卓越学者。浙大的文化基因与各高校的传统融为一体，得到了进一步的传承和发扬。浙大中文系的学术传统已成为中文学术传统的有机组成部分，每一位中文人都对浙大前辈的开创之功怀有无限感念。浙大中文系的毕业生奔赴全国各类工作岗位，成为各自领域的精英，为中国文化的生存和发展奋斗终生。浙大中文系更在全球中文学界享有极高的学术声誉。浙大学人不求与时俯仰，却以扎实的研究，从文学历史与文学理论的角度，揭开了中国文学的一个又一个奥秘，为中华文明的复兴重建、为中华民族文化自信的建立，做出了不可估量的贡献。

"靡革匪因，靡故匪新。"在新的百年，新的起始，浙大中文必将日新其誉，创造新的辉煌。最后，请允许我们，向全体浙大中文人，再次致以诚挚的祝福！

北京大学中国语言文学系

2020 年 12 月 12 日

复旦大学中文系贺联

才高八斗；志在四方。

浙江大学中文系百岁，复旦大学中文系贺。

慎海雄：浙江大学中文系建系一百周年贺信

母系各位师长、学友：

你们好！

古人说"学贵得师，亦贵得友"，我在杭大中文系求学四年，遇到了一众好老师，结识了诸多好学友，实为人生大幸。一晃三十多年，至今引以为傲。

回望校园点点滴滴，于我最感珍贵的，不外乎三条：一为求实，二乃创新，三是包容。求实，就是为学之严谨、严密、严格，不大而化之，不随波逐流，更不搞以其昏昏使人昭昭。创新，就是鼓励学生海阔天空想、脚踏实地干。当年我创办《杭大学生报》时，不过是名大二学生。学校和系里，无不鼓励支持。包容，就是不苛求、不责备求全。我在大学这四年，创新的事不少做，娄子也捅得不算少。中文系老师们乃至系总支，却如一片蓝天呵护了我，我至今心存感激！

昨晚接到胡可先学长的信函，很感温暖。静夜回放在校的一幕幕，王元骧、徐步奎、蔡良骥、陈为良、郑择魁、邬武耀、张大芝、桑义燐、颜洽茂、陈坚、余荩、金健人、徐岱、何春晖、任芝瑛、潘一禾……历历在目，感恩之情涌动。

祝母校母系和诸位师长永葆青春活力！

1985 级中文系学生　慎海雄

2020 年 12 月 4 日于出差途中

慎海雄：浙江湖州人。1967 年生，1989 年毕业于杭州大学中文系。现任中共中央宣传部副部长，中央广播电视总台台长、党组书记，兼任中央广播电视总台总编辑。

附录：读慎海雄贺信有感

中共中央宣传部副部长、中央广播电视总台台长兼总编辑慎海雄近日给母校浙江大学中文系建系一百周年写了一封贺信，里面一段话，相信会让很多有过学生记者经历和指导过学生记者经历的师生深有同感，会心一

慎海雄

笑："回望校园点点滴滴，于我最感珍贵的，不外乎三条：一为求实，二乃创新，三是包容。求实，就是为学之严谨、严密、严格，不大而化之，不随波逐流，更不搞以其昏昏使人昭昭。创新，就是鼓励学生海阔天空想、脚踏实地干。当年我创办《杭大学生报》时，不过是名大二学生，学校和系里，无不鼓励支持。包容，就是不苛求、不责备求全。我在大学这四年，创新的事不少做，娄子也捅得不算少。中文系老师们乃至系总支，却如一片蓝天呵护了我，我至今心存感激！"

很多很有影响的新闻人，求学期间都有类似的"反叛"经历，经常给老师捅娄子，有的甚至娄子捅破天，连累老师挨处分倒大霉。像某知名评论员，读大学期间就写过红卫兵式的评论文章，宣称要扒掉学校老师的皮，就这种文风文品，都被院长保护了，不仅没挨处分，还一路保研培养。

仔细想来，在校期间"捅娄子"，毕业之后成大树，可能是新闻人才成长中的一个现象。当然也不只是新闻人才，其他领域也同样存在，比如现在炙手可热的互联网创业家们，如果用校规来衡量，光旷课量几乎个个都可以劝退回家了。

这里面有什么规律可言?

第一,"捅娄子"的学生思想活跃,有想法。任何人的成长发展,都离不开想法。有的强烈一点,想法就成为理想、信仰;有的想法弱一点,就成为念头。如果一个人没有任何想法,不要说有所作为,能活下去都不容易,比如名校中的"空心"人。所以,思想活跃,是成才的澎湃动力。

第二,"捅娄子"的学生敢想敢做,有干劲。很多人有想法,但不敢去做,也成不了事。敢想又敢做,说明有思想,执行力强,自然容易成长起来。慎海雄当年一个大二学生,就敢去想、办《杭大学生报》,还办成了。当然,在办报过程中,学生的思想和能力会得到进一步锻炼,也就会比一般同学成长得快一些。

第三,"捅娄子"的学生通常有强烈的正义感,热血沸腾,希望让世界变得更好。尽管他们是平凡世界的刺头,但应该肯定,他们当中绝大多数一开始都是出自纯粹的好心,通过批评、揭露来制造舆论,引起关注,解决问题。坚持并表达自由、平等、公正等社会主义核心价值观,其实是一种稀缺的能力资源。而在这个过程中学会如何与社会合作,实现核心价值观,就会成为紧缺人才,无论是在新闻界还是在政界。

学校对于"捅娄子"的学生,其实慎海雄在贺信中回忆杭州大学的做法,即求实、创新、包容,总结得很好,很符合教育规律。当然,从学校的角度来看,顺序应该颠倒一下:第一,要宽容保护。好不容易有愿意站出来批评学校,帮助学校进步的学生,是好事,应该宽容保护他们的价值观。第二,要鼓励创新。让年轻人去做一点不一样的事情,做点喜欢做的事情,既丰富校园文化,又增加他们的才干,对学校和学生都是好事。第三,要求实。这一点很重要。求实,最重要的是要对学生严格要求。这里面的严格要求,包括思想政治上引导,严格保证在正确的轨道上。你可以批评学校,但你要做学校的建设者,不能做"反对党",为反对而反对,更不能从具体的事情上升到反体制上去。这方面要多和学生沟通谈心交流,学生和学校的根本立场应该是一致的,只是角色和角度不同。这一点，我国与包括美国、英国在内的大学都没什么本质不同。唯一的奇葩，是我国香港地区一些大学的学生会从独立性学生组织失控成为体制的专门反对者，更与境外势力勾结，成为反体制的政治力量。严格要求，还包括业务水平。学生记者既然要做新闻，那就对他们的新闻业务进行严格要求，尽量按照专业水准去做，养成好的工作作风。专业作风，既是提高学生记者水平的保障，更是避免学生捅娄子的最好办法。有些娄子，只要你写的是准确真实的，别人不高兴，但也不能处分你。如果道听途说，不加调查，信口开河，那捅出来的娄子，只能自己背了，指导老师也没法替你辩解，还可能受到连累。

慎海雄讲的严谨、严密、严格，不大而化之、不随波逐流，更不能搞"以其昏昏，使人昭昭"，相信不仅是他当年做学生的体会，更是从业三十年一直在新闻宣传战线上的肺腑之言。高校对于学生捅娄子这种现象，存在两种倾向：一是管死。这个主要存在于管理部门，体现为不让他们干，天下太平。其后果是学生在别的地方寻找释放才华的出口。二是放任。这个主要存在于任课老师，体现为让学生们自由发挥，既不引导学生思想，也不对学生学业严格要求，让学生在错误的道路上越走越远而不自知，不断捅娄子，碰壁撞墙头破血流，还以为自己是正义化身遭遇迫害。其后果，是误人子弟，短则误人学业，长则误人一生甚至世世代代。为人师者，当慎之又慎。

出处："高校宣传战线"公众号（该公众号是高校新闻宣传界的行业头部公众号，主要关注传播业界的经验、动向、校媒转型融合、高校舆情应对等）

网址：https://mp.weixin.qq.com/s/Gx3cz4gt0HeFrWz52fA4cg

作者：博博老师

发表时间：2021 年 1 月 18 日

马光明　周国辉：
浙江大学中文系建系一百周年贺信

尊敬的胡可先主任：

欣闻母校中文系建系一百周年纪念庆典，我们谨通过您，与所有师生一起为曾经培育我们成长的中文系庆生。

百年以来，中文系饱经沧桑，虽数易所属，但始终不变的是报国的初心、深厚的学脉、有序的学统、纯正的学风和卓越的成就。

母校中文系在国内高等学府一直是一个十分响亮、光辉的名字，为铸就这张金名片，历届学校领导、历任中文系老师和学者孜孜以求，接续奋斗，为国家培养了无数英才，创造了精湛的学术成果。

"三十八年过去，弹指一挥间。"作为恢复高考后的首批中文系学生，我们在母校度过了四年宝贵而难忘的就学时光，难忘导师们的谆谆教诲，难忘同学间的切磋和友情。正是这四年，为我们走向社会、走向更广阔的世界系上了"人生第一个纽扣"、打下了扎实的知识和能力的基础。我们一直以母校母系为傲，把她放在内心最为尊贵的位置。此时此刻，谨向我们敬爱的已故的和健在的各位导师表示崇高的敬意，向所有为中文系的发展作出过贡献的领导、老师和同学们致以衷心的感谢！

今天，我们已经迈入新的发展阶段，党的十九届五中全会和省委十四届八次全会分别擘画了中国和浙江今后五年乃至十五年的发展蓝图，母校中文系在今后的高质量发展和世界一流大学创建中定当大有可为。我们衷心祝愿母校母系在社会主义现代化建设进程中继续奋斗、永葆青春，为引领中国和浙江的发展，为繁荣人文和社会科学，为高素质人才的培养作出新的更大的贡献！

　　最后祝中文系的师生朋友们身体健康、生活愉快、万事如意！

中文系七七级学生　马光明　周国辉

2020 年 12 月 16 日

　　马光明：浙江绍兴人。1960 年生，1982 年毕业于杭州大学中文系。现为浙江省政协副主席。

　　周国辉：浙江宁波人。1960 年生，1982 年毕业于杭州大学中文系。现为浙江省政协副主席。

刘跃进：浙江大学中文学科百年感言

浙江大学中文系成立至今，已经走过百年历程，在此，我表示衷心的祝贺！

此前，胡可先教授来信说，希望我能代表从这里毕业的老学生说几句祝福的话，我深感荣幸，但一下子不知从何说起。我上世纪80年代在老杭大古籍所读书。现在老杭大名字已经没有了，我又没有在浙大中文系读过书，我能算是浙大校友吗？可先教授确认说，当然是，我们都是老杭大毕业的学生，自然也是浙大的校友。再说，我们庆贺的是浙大中文学科成立百年，自然包括古籍所的毕业生。可先教授的话给了我足够的信心和勇气，因此我也可以自豪地说，我是这一学科培养出来的学生，我确实情不自禁地要为这个学科的辉煌业绩而喝彩、骄傲和自豪。

首先，我为浙大中文学科的悠久历史而喝彩。《中华读书报》今年12月9日刊发《浙大中文学科百年学脉的传承与拓展》，前面有一则引言是这样说的："浙江大学中文系滥觞于1897年成立的求是书院和育英书院的国文课程，发端于1920年的之江大学国文系和1928年的国立浙江大学文理学院中国语文学门。1998年前的主体是杭州大学中文系，1998年四校合并后建立新的浙江大学中文系，并由中文系和古籍研究所融合而成中国语言文学学科。"言简意赅，揭示了浙大中文学科百年的辉煌历史，足以笑傲江南，跻身全国前茅。

其次，我为浙大中文学科的杰出教师而骄傲。夏承焘、姜亮夫、蒋礼鸿、徐朔方、吴熊和、王焕镳、胡士莹、任铭善、孙席珍等老一辈学者已为学界所熟知。而据《浙江大学中文系系史》记载，浙大中文学科的优秀教师远不止这些。他们或是直接的授业导师，或是间接的师承关系，更多的是我衷心私淑的前辈。我从他们那里不仅获得了丰富的知识，更获得了深刻的人生启迪。我很感念他们。说到这里，我又想起姜亮夫先生在我们入学典礼上的讲话。他说：第一要准备吃苦，实事求是地治学；第二要团结一致，为共同的目标而学习。我后来在回忆姜亮夫先生的一篇文章中谈道，一个学者在其成长过程中，能遇上好的老师，往往会影响他的一生。浙大中文学科的老师，一代又一代，通过言传身教，改变了无数学子的命运，引导了他们的学术方向，更成就了他们的人生。

再次，我为浙大中文学科的学术传承而自豪。浙江大学中文学科有着深厚的文化底蕴。经过几代学者的努力，浙江大学中文学科在国内外享有盛誉。进入新时期以来，浙江大学中文学科秉承优良传统，注重人才培养，强化学科优势，推出特色成果，整体上呈现出蓬勃向上的态势。正如《浙大中文学科百年学脉的传承与拓展》一文所说："浙江大学中文学科语言、文学与文献并驾齐驱，形成以文献史料为基础，将文学与语言、传统与现代、文献与文物、文学与影像、编纂与研究融为一体的研究格局，古今汇通，中西兼融，是人文社会科学学科中既有悠久的历史底蕴又有强烈现代气息的学科。"对浙大中文学科的特色概括得非常准确，我完全赞同。

最后，作为一名老学生，我在兴奋之余，衷心祝福我们的中文学科越办越好，越办越强，涌现出更多的杰出学者，培养出更多的青年才俊，华枝春满，踔事增华。

谢谢大家！

中国社会科学院文学研究所　刘跃进

2020 年 12 月 17 日

刘跃进：吉林白城人。1958 年生，1984 年至 1986 年就学于杭州大学古籍研究所，师从姜亮夫先生、郭在贻先生研习古典文献学，获文学硕士学位。现为中国社会科学院学部委员，文学研究所所长，《文学遗产》主编。

庆典致辞▎

浙江大学副校长黄先海教授致欢迎辞

尊敬的各位领导，各位校友，各位嘉宾，老师们，同学们：大家早上好。

今天我们相聚在一起共同庆祝浙江大学中文系建系100周年，我谨代表浙江大学党委和行政对浙江大学中文系全体师生和师友表示热烈的祝贺！对为中文系发展做出卓越贡献的教职员工以及关心和支持中文系发展的校友和社会各界友人以及今天大会上的兄弟单位代表致以诚挚的谢意！

浙江大学中文学科有着悠久的历史和深厚的底蕴，1897年求是书院和育英书院创立时，就开设了国文课程，距今已有123年，这是中文系可以追溯的渊源。1920年之江大学成立国文系，1928年国立浙江大学文理学院成立中国语文学门，作为现代教育意义上的中文系成立，至今正好100周年，后来又经过院系调整，浙大、杭大等四校合并发展成为现在的中文系。100年来，一代又一代的中文人坚持守正创新，心系国家与民族的命运，建立传承有序的学脉，形成博雅与专精并重的学术风格，产生了诸如夏承焘、姜亮夫、蒋礼鸿、徐朔方、吴熊和、郭在贻等众多的著名学者，在人才培养、学科建设、教育科研等方面铸造了辉煌的成就。在教育部第四轮学科评估当中浙江大学中国语言文学学科被评为A的优秀等级，位于全国同类学科的第一方阵。浙江大学在迈向世界一流大学的征程中，以实现中华民族的伟大复兴为重要使命，而要实现民族复兴必须传承和发扬中华文化的优良传统，创造性转化中国传统文化，扎根中国大地，才有可能打造出世界一流的学术，充分展现中华文化的深厚底蕴和独特魅力，在这一过程中，中文系肩负着光荣而艰巨的重任。一代又一代中文系师生不忘初心，以传承与转化中华优秀传统文化为己任，致力于人才培养和学术研究，主动服务社会文化建设，积极推动中国学术与文化的国际交流和传播，取得了突出成就，赢得了良好声誉。

浙江大学近年来十分重视文科建设，特别是重视中文学科的建设，不断充实中文学科的发展之源，如将中文学科确定为一流基础骨干学科和"双一流"建设学科，并着力发挥中文学科在全校人才培养、通识教育、文化建设等方面的引领作用。

当今世界，国际风云变化莫测，正在经历百年未有之大变局，发展的内外部环境正在发生深刻的变化，守正固本的意义变得前所未有的重要，我们期盼中文系师生牢记使命，潜心治学，勿求虚名，以高远的情怀、创造性的研究，阐述更多足以传世的学术成果，培养出更多堪当国家发展、民族复兴大任的建设者和引领者。浙江大学也将尊重基础人文学科的发展规律，为中文系的发展营造更好的环境，给予更大的支持。

时代的变化也对中文系发展提出新的要求。100 年来中文系的发展与国家的命运紧密联系在一起，今天进行百年庆典，也标志着新的 100 年从此开始，我们同样期待浙江大学中文系能固本开新，主动对接国家需求，呼应社会发展，更加积极开展国际学术交流和文明对话，始终将"立德树人"作为第一要务，加强拔尖人才的培养，办好强基计划班，为学校通识教育和文化建设做出更大的贡献。要努力把握世界变迁之大势，引领未来学术潮流的发展，特别是在当今数字化时代积极开拓新的学术增长点，主动参与学科交叉互融，介入新兴学术和学科领域，让传统学术焕发出新的活力，并创造出更多属于新时代的经典，为人类命运共同体做出属于浙大人的独特贡献。我们期待民族风格与世界视野、传统精神与现代意识一定能在浙大中文系同生共长，交相辉映，我们坚信在浙江大学中文系同仁的不懈努力之下，在浙江大学有力保障和推动之下，在社会各界大力关心和支持之下，浙江大学中文系一定能够创造出更加光辉灿烂的未来。

谢谢大家。

浙江大学中文系主任胡可先教授致辞

尊敬的黄先海副校长,各位领导,各位来宾,各位校友,老师们,同学们:上午好。

2020 年浙江大学中文系走过 100 周年的历程,今天在这里举行隆重庆典。我谨代表中文系全体师生向一直关心和支持我们的各级领导、关心和帮助我们的历届校友,表示诚挚的欢迎和崇高的敬意。

浙江大学中文系追源溯史于 1897 年成立的求是书院和育英书院的国文课程,发展于 1920 年的之江大学国文系和 1928 年的国立浙江大学文理学院中国语文学门,1998 年前的主体是杭州大学中文系,1998 年四校合并以后,建立新的浙江大学中文系,并由中文系和古籍研究所融合而成中国语言文学学科,现在正在进行第五轮学科评估的是中国语言文学学科。现在的中文学科设有汉语言文学、中国古典文献学两个本科专业和编辑出版学、影视与动漫编导两个方向,设有中国语言文学一级学科博士点,文艺学、中国古代文学、中国现当代文学、比较文学与世界文学、语言及应用语言学、汉语言文字学和中国古典文献学七个二级学科博士点,设有中国语言文学博士后流动站,现有教授 35 人,副教授 26 人。

现在中文学科拥有首批国家级一流本科专业建设点,国家级文科基础学科人才培养与科学研究基地——汉语言文学基地,国家级基础学科拔尖人才培养2.0 之汉语言文学拔尖基地,国家级特色专业——汉语言文学专业,国家级人才培养模式创新与实验区大中文人才培养实验区,国家级教学团队——中国现当代文学教学团队,教育部重点研究基地——汉语史研究中心,教育部重点推广基地——国家语言文字推广基地,等等。

汉语言文学专业(古文字学方向),作为基础学科招生改革试点的综合招生改革单位，进入今年国家推出的"强基计划"。中国古典文献学是国家重点学科，中国古代文学、汉语言文字学、文艺学、中国古典文献学等，是浙江省重点学科。

100年来，社会经历了沧桑变化，学校经过了调整分合，中文系的学脉一直在不断延续，中文系的精神在不断发扬，中文系的精髓在不断汇聚，这一切也凝结而成中文系的百年学统。

今天发言有一个题目叫"浙大中文的百年学统"，而这个学统概括为三个方面：

一、专家与博雅的结合

由宋代到清代开启的浙东学派和浙西词学，经过中文学科的夏承焘、姜亮夫等诸多大师的弘扬，一直传承至今。"浙西尚博雅，浙东贵专家"，二者融合的学风，在浙大中文的百年传统当中得到很好地凝聚与体现。

比如夏承焘先生是以温州人传承浙东学派"学贵专精"与"学究于史"的精神开启词史之学，又坐镇东南，与海内外学者声气相通，建立博雅通达的词学体系，成为一代词宗。姜亮夫先生在楚辞学、敦煌学、语言应用学、历史文献学等领域都有建树，博而专精，成为一代鸿儒。蒋礼鸿先生精通文字学，郭在贻先生擅长训诂学，徐朔方先生专一代曲学，吴熊和先生传一代词学，沈文倬先生开一代礼学，都在学术领域拓一方疆土，以其博识和经验影响着中文学科的后来学者。

现在的中文学科在诸大师所开拓的领域都有传承和拓展，语言、文学与文献并驾齐驱，形成以文献史料为基础，将文学与语言、传统与现代、文献与文物、文学与影像、编撰与研究融为一体的研究格局，古今会通，中西兼容，是浙江大学人文社会科学学科当中具有悠久的历史底蕴又有强烈现代气息的学科。

二、求实与创新的精神

浙江大学中文系值得大书一笔者是它的学统，刚才讲中文系的前身是1897年求是书院和育英书院的国文课程，求是书院的创办孕育着求实精神，育英学院的创办目的是培育英才。百年的历史，名师的垂范，形成中文系求是、求实、求真的传统，这一传统在"三古"，即古代文学、古代汉语、古典文献领域表现得最为突出。百年的发展历程当中不仅代有传人，而且每一阶段都有影响全局的标志成果。学科领域，人才培养更体现出鲜明的特色，今年开始汉语言文学专业（古文字方向）的"强基计划"的招生，就是水到渠成的结果。

随着社会时代的发展，传统的"三古"在方法论和思想观念上也有不断创新和突破，目前的中文系设有汉语言文学、古典文献学两个专业，影视与动漫编导、编辑出版学两个方向，这样构成"一体两翼"为主要特色的专业格局。"一体"是汉语言文学为一体，"两翼"一翼是"求是科学班""强基计划班""基地班"，这个作为"基础高端"这一翼，另外一翼是"文学班""编辑出版学方向"和"影视与动漫编导方向"，作为"专业素质"的一翼。这样，现在中文系的发展既重视强化基础，又培养符合国家战略需求的高端人才，注重应用创新和社会服务。

三、包容与开放的胸怀

刚才楼含松教授宣读的慎海雄部长的贺辞当中，就谈到了在中文系求学的时候体会到学校和老师都具有极大的包容心。人们常说，海纳百川、有容乃大，中文系能够传承百年，并不断拓展，其核心也是在包容，包容当然是包括学术的包容与思想的包容。学术上中文系容纳了各种学术，也创造了各种学术；思想上强调包容理念，提倡独立精神。学术与思想的结合形成风范，融为我们的系格，我觉得我们的系格在这里，而且这个系格又落实到人文情怀与人文关怀上。中文系的包容也渗透于每位师生的心中，使得慎海雄部长这样毕业30多年以后的学生回想当年求学的情景而心存感激。

有包容更有开放。中文系坚持开放办学，激发广大师生的创造力，广泛吸纳人才，深度开拓资源，开放的一个重要方向就是国际化。近年来，与世界众多一流大学进行广泛的合作与交流，教师和学生的国际视野得到大幅度提升。比如与哈佛大学联合开发学术地图发布平台，在国际、国内产生极大的影响。

　　回顾正式建系的百年历程，浙江大学中文系孕育集聚了大批名师硕儒，培养了无数英才，创造了精湛深邃的学术成果，建立了传承有序的学统，树立了谨严纯正的学风，这一学脉又通过一代又一代气质博雅、格局宏阔、富有人文精神的毕业生得以延伸和扩展，这是中文系 100 年最宝贵的财富，我们将永远继承、永远发扬。百年学术谱写华美的篇章，下一个 100 年已经开始，在新的起点上，浙江大学中文系更将以传统的学术精神，灌注于新的研究对象，努力在学统传承当中建立新的学派，以博大的学术气象继续奋进，勇立潮头，为传承优秀传统文化的精神，凝聚人类文明的精华做出更大的贡献。

　　最后，希望学校能够尊崇学科的发展规律，进一步发挥教授的主体作用，给予中文系更多特殊的政策支持，促使我们在国际、国内一流学科建设的道路上更快地迈进。

　　谢谢大家！

复旦大学中文系主任朱刚教授致辞

尊敬的黄校长，楼院长，各位老师，各位同学，以及参加庆典的各位嘉宾：

大家上午好！

感谢胡可先主任赐予我这份荣幸，让我可以亲身见证浙江大学中文系百年诞辰的这个隆重庆典，并有机会献上我的一份祝贺。我虽然没有在这里求学的经历，但身为浙江人，在中学阶段曾受教于浙大的许多毕业生，后来从事中文学科的教学、研究，也与浙大中文系的师生相识相知，持续往来。师友渊源，可以说同气连根，百年诞辰，当然要与诸位同庆。

我们知道这个百年，是从1920年成立的之江大学国文系算起的，其更早的滥觞，则有求是书院、育英书院的国文课程。前人创物命名，我感觉都有深意。"求是"就是追求真理，是学术研究的唯一宗旨；"育英"就是为国家培养人才，是教育事业的最高目标。而学术研究、人才培养，这两点正好构成我们学科建设的核心任务，所以"求是""育英"两个源流汇集到一个中文系，这一契机是具有象征意义的，这个1920年是值得纪念的。同样是在1920年，浙江人陈望道先生带着他刚刚译完的《共产党宣言》到达上海，开始在复旦大学国文科任教。现代中文学科的百年征程，在我们杭、沪两地几乎是同时开启的。所以我今天特地带来了一份礼品，就是1920年初版和二版的《共产党宣言》的复制件，作为我们回望百年的另一个象征，赠与我们的同道。

我们知道这个百年，是不平静的，我们托命其中的中华文明经历了深重的灾难，在中国共产党的坚强领导下，在前辈的不懈努力下得以重生，浙大和复旦的两个中文系也走过了非常曲折的道路。好在我们一直携手同行，播迁西南，又回师江东。风雨如晦，鸡鸣不已，我们不但弦歌不辍，还经常能共享资源，交流学术。30 年代曾受聘之江大学国文系的李笠教授，40 年代在之江国文兼职的郭绍虞教授，随后成为复旦大学中文系的重要成员。二三十年代曾执教于复旦的姜亮夫、胡士莹等教授，则于抗战胜利或者新中国成立以后，成为浙大中文的重要成员。在 1952 年院系调整以后，我们两系的学科布局大致相似，地近人熟，教学、科研上的来往互助就特别多，等到硕士点、博士点建立起来后，教授们更是互相推荐弟子，或者评审论文、参加答辩，所以一代一代师生之间，形成了可称"世交"的关系，绵延至今。这里有的年长的老师，评审过我的学位论文，而年轻的老师也有的曾听我讲课，这样上有老师，下有学生，我来到这里就不觉得自己是外人。

我们知道这个百年，又是名家辈出、学术成果非常丰硕的百年。我们的使命，不光是对前辈高山仰止，也要传承其学脉，培养后继者。我们的传承并不是封闭的，前辈的影响其实交互出现在后辈的学养之中。我个人的学业，就受吴熊和先生、徐朔方先生的著作滋养极深。在钱塘江边，月轮山上，我们至今仍能看到之江校区民国校园的遗留，可以在那里温习到夏承焘先生"俯临大江，江声帆影，如在心目"的情景。近年来，之江校区的人文高等研究院为复旦的好几位年轻学者提供了访问学习的机会，这个自清末"育英书院"改名而来的校区，至今仍在焕发其"育英"的功能，我们也深受其赐。

百年不易，愿我们继续携手同行，共同"求是"，共同"育英"，使文脉传承不息，脉动更为有力。愿我们也能留下对得起前辈栽育、对得起社会期待的业绩，光耀下个百年。谢谢！

浙江省社科联主席蒋承勇教授致辞

尊敬的母校领导，各位师长，各位校友，同学们：

大家早上好！

很荣幸能参加浙江大学中文系的百年庆典。中文系人才辈出，星光灿烂，我只不过是其中并不那么"靓丽"的一颗，所以我要特别感谢中文系主任胡可先教授和老师们的邀请，让我不仅能参加今天的百年庆典，且作为系友代表在这里发言。

我是杭州大学中文系78级学生。78级是非常幸运的一届，因为我们有幸在"文革"后恢复高考的初期入学中文系，圆了久久渴望却几乎遥不可及的大学梦，今天又有幸见证母系的百年华诞。当年我们为自己是中文系学生而骄傲，今天我们更为中文系的辉煌而倍感荣耀。

学文科尤其是学人文学科的学生常常有这样一种感觉：大学四年，临到毕业，拿到毕业证书虽然可以去就业了——我们那时候是国家统一分配的，不用担心毕业后找不到工作——但是回想四年大学生涯，若问自己学到了什么，往往会觉得似乎学了很多，却又会茫然不知到底学到了什么"有用"的东西。然而，随着职业生涯日复一日地延展——不管从事什么样的职业——慢慢地会越来越真切地意识到，大学四年是何等重要：它给我们的思维方式、价值观念和人格结构打上了底色，奠定了知识和能力的不可再造和重置的基础。不管你以后是否有硕士或博士的深造经历，也不管你后来在什么专业和行业里发展，没有那时候打下的尽管有些说不清、道不明的基础和底色，那么，此后人生画卷的展开会是一种完全不同的格局和结局。

我们77、78和79三届学生，都是在原省总工会干校度过大学生涯的。在外界人看来，那个校园显得狭小而简陋。但是，就我自己的感受来说，从入学第一天起，就从来没有觉得她的狭小和简陋。这可能是因为内心深处对中文系特有的美誉和诸多名师感到满意并知足。说到校园设施，我记忆尤为深刻的是中文系校园的那个小小阅览室，里面有中文专业最核心的图书和文学与学术期刊。四年里，我们除了隔一段时间去主校区的大图书馆借书之外，通常在这个专属于中文系的小阅览室里读书，比如阅读期刊。学术期刊是快捷地展示学科研究新成果、新信息的载体。这个阅览室期刊种类虽然不多，但对中文专业的本科生来说，它们有足够的代表性并起到引导作用。在听课之余，我就是顺着老师们课堂教学的提示和指引，从这小小阅览室的那些不断更新的期刊中了解到了学科和专业的前沿动态，包括系里有些老师刚刚发表的论文。四年里，这个小阅览室培育了我密切关注学术前沿的意识。工作以后，关注并收藏学术期刊也成了我的一种习惯。直到现在，因为要关注学术前沿，我除了购买最新的学术图书外，每年依然用自己的课题经费订阅相关的10余种期刊，像《外国文学评论》这样的期刊是从创刊号起完整无缺的。后来发现，我这种对学术期刊的特别喜好，就是大学期间打在我的阅读行为中的一道底色，这大概也是我为什么总是忘不了中文系那个小小阅览室的原因。当然，培养我们的学术爱好、学术敏感性的渠道是多方面的，尤其是老师们的直接指导与教诲，而决不仅仅是那个阅览室。但是，在那个特殊年代的特殊校园里，这个小小的阅览室对我有特殊的意义，它也是以后我对母校母系记忆和情感勾连的一个点、一条线。

学术意识和对学术问题的敏感，是学术人才培养和成长所不可或缺的基本资质。大学毕业迄今，我在高校工作近40年，既做教学科研，也从事大学管理。我的学术做得虽然很一般，但大学四年给我养成的学术理念和意识，无论是对我的教学科研还是大学管理，都十分重要。这无疑也是我作为当年的杭州大学中文系学生的一种幸运。为此我要感谢那个小小的阅览室以及与之相连接的老师们，包括阅览室里的管理员老师。感谢母校，感谢中文系，感谢所有的老师们！

在求学的时候我们以中文系为荣，毕业后我们依然以中文系为荣，因此我们十分关注母校和中文系的发展。新旧世纪之交的四校合并，既给中文系带来了发展机遇，也让她面临了考验与挑战。从全国乃至国际大环境来看，近20多年来，人文学科的发展空间变得日渐狭小。中文系从原来的杭州大学进入了以工科见长、社会科学也势头强劲的新浙江大学后，这个内部环境显然也有不利于她生存与发展的一面。在国内同类大学的中文系都纷纷拓展升格为文学院或者保留处级建制的情况下，浙江大学中文系则成了人文学院的一个科级单位（外语系则成了外国语学院）。在中国，这不只是一个行政级别问题，而是规模建制带来的资源配置等问题。仅就教师数量来说，同样是一级学科，目前中文系的教师数还不到外语学院的一半。这只是内部比较的一个例子。横向的外部比较来说，浙江大学中文系教师数排在同类院校的第19位。不过，难能可贵的是，中文系教师的科研指标排在全国同类院校的第2位（教育部第四轮学科评估数据）。中文系在过去的20多年里，以低级别的建制和小规模的人力、财力等资源配置，持续发扬了曾经的辉煌与荣光并有所拓展。对此，我为母系的老师们感到由衷的钦佩并致以崇高的敬意。

不过，辉煌的过去并不等于灿烂的未来。在竞争日益激烈的新形势下，继续维持规模与建制不变的浙江大学中文系，也难免让人忧从中来。这种忧患意识在较长时期里也不断地弥散在广大系友之中。我们期待中文系有更辉煌的未来，自然也期待制约中文系发展的瓶颈得以挣脱——关键是改制扩容。这需要学校层面给予高度的重视并付诸实施。我所表达的可以说是众多系友的心声。拳拳之心，学子之情，皆为了母校母系能更上层楼、更趋辉煌与腾达。

再次感谢母校母系的培育之恩，衷心祝愿中文系挣脱瓶颈，展翅翱翔！

北大青鸟集团董事长范一民先生致辞

今天准备的讲话，是临时的安排，刚才听了诸位学长学友的一些讲话，特别是蒋承勇先生的讲话，让我感慨万分，我也想说几句。

第一，今天很高兴，到现在为止在座的好像没有一个领导，我们的领导黄先海先生已经离席，所以我们是真正的校友相会，真正的朋友相会，真正的学友相会。

第二，我们也很高兴，记得在三年前参加浙江大学 120 周年校庆的时候用了一个词，叫 120 周年的纪念大会，而我们今天在标题上出现的是 100 周年的庆典。这是一个本质的不同，庆典是什么意思？为了 100 周年成功到达，我们今天高兴一下，庆贺一下，这就是我们的庆典。如果是纪念，可能已经死亡，已经过去，要怀念它一下，所以纪念和庆典是有本质不同的。我觉得我们的中文系用庆典这个标题是很好的。今天，中国很多高校举行百年的所谓纪念大会，我们学中文的人应该对此发声。

第三，要自强，要自信，要自立。中文不仅仅是一个学科，刚才蒋先生讲的，它降得很低，降到科级编制和待遇，其实，中文在界、门、类、纲、目、科这个序列当中它应该是门，叫中文门或者叫国学门，它是大学科，绝不是小学科，北京大学有这样的认知。浙江大学也必须树立起我们这样充分自信的认知，我们的中文是门，而不是某个科，一定要把界、门、类、纲、目、科的秩序次第关系搞清楚。虽然中文是一个系，虽然是某个所谓的学科，但是自信心要提升，提升我们是门类、我们是大门的意识，这个门类丰富之极，这个门类伟大之极，这个门类里面有它的自豪，有丰富的历史。我们的历史很悠久，我们这个学科是个三千年的学科，并不是一百年的学科，从孔夫子那时候开始，在早些时间就有着这个门类的学科，而且这个学科一直在学习，既是亘古的，又是常新的，未来一千年我相信依然会有我们的中文学门类，不会没有，而其他所谓热闹的学科可能将会在几十年内或者十几年内消亡。学科多但是迭代会很快，科学发展很快，所以门类消亡得也会很快。而中文学科、中文门类将永世长存。只要人类在，中国人在，中文学科就不会灭绝，只会越来越好，所以要树立自己的自信心。

刚才有很多老师讲了我们的学科是根本的，我们这个学科是基础的，任何的学科如果没有中文门、中文学科做基础，都跑不远、长不大、升不高。只有中文搞好，数学搞好，在这两个学科并驾齐驱的情况下，其他学科才会长高长大，其他一切免谈，所以我们要自信。

第四，我们要合作。不要取巧，不要出奇。取巧会得小利，出奇会暂时取胜，但是只有配合结合合作，也就是偶，我们不是偶然在一起，我们是必然在一起，我们要讲偶合。一个很好的偶合现象就是中文系与古籍所互为依托那就是偶，这种偶是很好的，浙大中文系跟复旦中文系或者北大中文系有友好的合作，这就是偶。偶是能够长久的，能够生发的，奇则是短暂的，所以我们强调的是偶合。偶的生命力一定比奇的生命力要强，所以强调院系合作，强调校校合作，强调人人合作，做一个偶，偶合。

讲一下我们的基金，很感谢中文系给了我们一个机会，浙江大学给了我们一个机会，在120周年校庆的时候建立了基金，由77级几个人牵头，特别是张涌泉先生牵头，把他获奖的一些钱拿出来建立一个基金，我们觉得他都这么做了，我们没有理由不跟上，我是一个跟进的人，也是一个创建的人。2017年的时候募集145万左右的基金，在全系全年级的学生当中发起，在座的77级基本上都捐了钱。今天在这里跟几个同学商量，将在2021年把这个基金充实到200万元人民币，我本人有了足够的认购，其他的人也认购，包括远在海外的和其他的同学都表示愿意积极捐赠，到2021年内完成注资到200万元整。

浙大的老师很不容易，中文系的老师更不容易，因为他们的经费来源很少，所获得的教学资助和工资是很少的。但是我们很了不起，首先是张涌泉当年把他的奖金大部分捐出来，这一次听说系主任胡可先先生获了一个大奖，他说要把这个大奖的奖金也捐助到中文系来，实在太感动了，因为他们的钱实在来之不易，他们的财富积累实在很不容易。无论如何要把这种精神传递下去，一定要把中文系，把我们的学生、老师精神鼓起来。所以我说我们的系是最牛的，我们的门类是最牛的，我们的学科是最牛的。

谢谢大家！

浙江大学中文系退休教师陈坚教授致辞

各位来宾，各位朋友：

浙大中文系100岁了，作为中文系现在比较年长的一员，作为曾经的系主任，我个人感到由衷的欣喜，也表示热烈的祝贺。

我本人是1956年入学浙江师范学院中文系，1960年从杭州大学中文系毕业后留校任教，到2005年正式退休，在中文系学习、工作的时间算起来有整整50个年头，跟中文系一起走过了半个世纪。在这漫长的半个世纪里，我和我的同龄人有幸能切身体会和见证中文系在新中国高等教育波澜里的自我成长，和共同经历的蹉跎岁月，它的坚守与起落，寂寞与辉煌。

浙大中文系是一个有传统、有追求的教育组织，是一代又一代中文人的精神家园。从1920年作为一个学系诞生到今天，无论是之江大学国文系、国立浙江大学中文系，还是浙江师范学院中文系、杭州大学中文系，或现在的浙江大学中文系，脚踩大地、仰望星空始终是她的初心，赓续传统、追逐理想一直是她的使命。在我看来，中文人是在一个比较纯粹的意义上，自觉践行着总书记所说的"不忘初心，牢记使命"。求真务实的教育传统，求是博雅的学术底蕴，加上百年征程里全系师生的不懈努力，浙大中文系在教学、科研、学科建设、人才培养和致力于民族文化传承发展等各个方面，都建树了独特的成就，积累了良好的经验、信誉与口碑。

一百年里，浙大中文系不仅大师辈出，名家荟萃，而且学脉相承，自成一格。上世纪五六十年代以后，在王焕镳、夏承焘、姜亮夫、沈文倬、蒋礼鸿等老先生的努力下，中文系古文学、古汉语、古文献"三古"学科，开始在学术界拥有越来越高的地位和声誉，这些学科形成了整齐的学术梯队，也建构了有规模和影响的学术体系；进入新时期以后，浙大中文系文艺理论、外国文学、现当代文学、现代语言学等学科也得到了长足发展，成为大学思想光芒和学术辉煌的一个重要载体。

作为浙大中文系近半个世纪沧桑巨变和卓越成就的一名亲历者和见证者，我对今天新时代有中国特色的大学中文教育的建设充满希冀，希望教育改革能持之以恒，给予高校师生一个安静、自在的治学环境；对年轻一代同仁与学子寄予厚望，希望新一代学人守正创新，勇于超越，在繁花似锦的新时代，展示自己切实的存在，为浙大中文系的历史续写更加华美的篇章；更对下一个百年浙大中文系的璀璨未来充满期待。

谢谢！

浙江大学中文系教师代表吴秀明教授致辞

各位领导，各位来宾，各位系友，各位老师，各位同学：大家上午好。

感谢系里给我这个机会，和大家交流一下百年系庆的感受和体会。我的理解实际上是以系庆为切入点，对中文系历史、现实和未来作出一个老教师的解读，一个不同于年轻老师和更年轻的学生的一个解读。因为中文系太丰硕了，中文系有形而又无形，中文系可见又不可见，是很难把握的，我对它既热爱又充满敬畏。因此我这个发言稿整整写了两天，刚刚在开会前还在修改。我是把它当作一篇文艺性的散文来写的，我想将来肯定把它发表。初衷是尽量少讲或者不讲套话，尽量不和人家重复，听下来好像还是有不少的重复也有不少的套话。

发言的初稿写了将近五千字，为了节省时间删去了大半。

首先在百年一遇的喜庆日子里，请允许我作为现在还在工作的老教师向浙大中文系——把它称之为母系——的百年华诞，献上我诚挚的祝福，祝母系百年生日快乐，祝母系老树开新花，越活越年轻。

我不知道这 100 年来浙大中文系强硕的母体到底培养了多少学子，但是我相信无论他们现在在什么地方，从事什么工作，身上或多或少、或隐或显打上了中文系的印记，而作为在这里工作 44 年、加上读书将近 50 年的 50 后的我，以及 50 后的我们这一代，中文系不仅是我们赖以生存的一个工作单位，更是我们的精神和情感的一种存在方式。在最近几年，我和我们的 50 后集体退场，中文系将成为我们挥之不去的永恒的记忆。

在十年前追忆中文系的一篇文章中我曾经这样说过，我说浙大中文系是一部精彩纷呈的大书，它有自己的故事，有自己的节律，有自己的性格和命运。

什么是属于中文系自己的故事、自己的节律、自己的性格和命运呢？我理解它最突出的地方就是在发展过程中分分合合，显得比较复杂，不论如何，中文系践行学术、将它当做学科发展根基的精神始终没有变。就像已故的蒋礼鸿先生，哪怕在重病住院之际还捧着书不肯放，把它视作第二生命，这大概就是支撑百年浙大中文强劲活力的精神所在，中文系之所以以较小的规模在近十多年三次中文学科评估中，一直处于全国同类中文学科的前沿位置，或者说第一方阵，根本的原因就在于此。

　　作为一名 50 后，也可以说是中文系的第三代学人，我是在前二代，特别是第二代师辈——在座的有陈坚先生——的直接教育点拨和熏陶下成长的，师辈的为人为文为教，他们在课堂上讲课的音容笑貌至今还清晰定格在我的脑海中。我记得徐朔方先生、吴熊和先生给我们所讲的古代文学，看似东一榔头西一榔头，实则蕴含着密集的学术信息。开始不习惯，觉得很累，经过一段时间以后感到很幽深，很有容量。这是大家的风范。记得王元骧先生给我们讲的，具有严密逻辑思维的经典的基础理论，为了使之形象具体可感，有一次王先生还在黑板上用画图的方式来进行表达；记得同样是古代文学和文艺学，蔡义江先生讲得很挥洒很豪放；邵海清先生文质彬彬，举止优雅，一如他的板书；而蔡良骥先生则用他作为诗人所特有的语言和激情，将抽象的艺术规律和创作方法讲得妙趣横生。还记得陈坚先生给我们讲现当代文学名著的时候，经常穿插沉醉其中的抑扬顿挫的朗读，然后突然发出一阵令我们措手不及的满足的哈哈大笑。

　　说到这里，不能不提为浙大中文系做出开创性贡献的第一代学者。对他们我接触不多，我更多是从第二代老师那里聆听到有关他们的故事，其分量很重。我亲眼见识夏承焘、姜亮夫等名师大家的风采，曾看到姜亮夫先生在中文系举办的一次新生迎新会上，在旁人的搀扶下颤颤巍巍走上讲台，操着浓重的云南口音，以老马识途的身份，对学生进行学术启蒙。在某个晚上我大胆地敲门向他请教一个学术疑难问题，请教的结果是我在《文学评论》1982 年第 2 期头版头条发了一篇文章。我在《文学评论》发了十几篇文章，这是唯一一篇头版头条，其基础支撑是向姜亮夫先生请教的问题。我听过王驾吾先生的课，还跟孙席珍先生在同一个党小组学习。

当然，作为一名50后，中文系的第三代学人，在浙大中文系将近半个世纪的工作中，也参与中文系这部精彩纷呈大书的书写，成为故事当中的一员及其亲历者和见证者。我见证了浙大中文系的前身——80年代"老杭大"时代的辉煌；见证90年代市场经济启动初期中文系所面临的困难及其所做的艰难的突围；见证1998年四校合并前老杭大中文系96位老师在图书馆前的集体合影，然后聚了最后一顿集体晚餐；见证了中文系从合并初期的不适应到现在慢慢的、逐渐的调适融合，以及释放出来惊人的能量；等等。

浙大中文系的故事还可以再讲下去，还有很多很多，但我以为今天讲述这些故事不仅因为精彩纷呈，不仅为了追忆和缅怀，而是将其当作一种精神资源来构建与新时期社会主义文化建设和高等教育相适应的中文学科新体系。因此，我认为我们有必要谦恭、谨慎、清醒甚至加上犹豫，毕竟今天面临着与以前完全不同的环境，甚至与八九十年代的环境不可同日而语。如何为中文传统精神寻找进入当下内在逻辑的这个问题，尖锐地摆到我们面前。

不久前看到浙大工科的四位教授在《光明日报》发表的一篇文章，就新形势下一流学科建设提出一个富有意味的话题，叫做"仰望星空"与"脚踏实地"，八个字。中文学科当然属于仰望星空，因为我们探讨的是有关精神性、情感性和诗性的东西，这里所说的"三性"，不应该简单和狭隘地认为是纯粹的私我，应该通向大我，守正创新，不忘初心。当然对百年中文来说现在更为重要和迫切的也许是如何用科学的发展观，更好调动和激发中文作为一级学科的办学主体和教师作为教学和研究主体的积极性，这也是国内北大、复旦等名校，直接证明、证实的一个规律，甚至一个真理，是第二个百年需要面对自然也是包括广大系友在内的所有中文人的共同意愿。因为常识和经验告诉我们，如果不充分调动这两个主体的积极性、能动性和创造性，由现实通向未来的可持续发展，就将失去其根源性的原动力。中文学科建设是一个基础性的关乎中华民族长远利益的系统工程，也是支撑一所大学精神、品质、品位的阿基米德点。中文系不仅仅是中文系的，也是属于全校的。新时代赋予中文系不同以往的新的历史使命，它的悬浮于空中的审美意识形态的属性特点，在呼应时代主旋律，把中国文学文化推向世界，构建人类命运共同体的过程当中，显得重要、艰难而又复杂，这一点在经历今年世界性疫情的风风雨雨的当下，人们应该有所体会，并对后疫情时代面临新的形势有所预判。相信我们的浙大中文系以深厚的百年积淀为基础，从紫金港这里再出发，一定会在四季轮回中取得更大的发展。

　　谢谢大家。

浙江大学中文系教师代表叶晔教授致辞

尊敬的各位嘉宾，老师们、同学们：

上午好！

我是中文系中国古代文学与文化研究所的教师叶晔。很荣幸，今天有机会作为青年教师的代表，在浙大中文系建系百年庆典上发言。论眼光，论格局，我未必是最合适的人选；幸运的是，作为一名浙江大学中文系的本科毕业生和青年教师，我以两种不同的身份，见证了浙大中文系过去二十年的砥砺发展。

二十年较之百年，或许并不算长。1999年，是浙大四校合并后的第一次招生。那一年，浙大中文系开启了我的大学时代。从本科到硕士，我在西溪校区度过了七年的时光。夏承焘、姜亮夫、王驾吾、胡士莹等先生，我们通过老师们课堂上的"遥想当年"，怀思其风采；徐朔方、吴熊和等先生，我们虽无缘亲炙其教，却还能在校园中偶遇他们的身影。杭大中文的求实，浙大中文的开放，都在我们的身上留下了实在的印迹。但如果要概括我眼中的浙大中文学风，那唯有"精勤沉毅"四字，至今仍受益匪浅。遗憾的是，在那个网络尚不发达的年代，一群被呵护在相对宁静的文学花园里的年轻学子，对中文系老师们因体制变动而感受的阵痛所知甚少。他们呈现给学生的那种古典式的静谧与美好，让我们以为这就是大学的日常，殊不知只是上个世纪"慢学术"的遗风而已。时至今日，人文研究如何再次慢下来，追求人类最深层次的非理性需求，又如何面对新世纪以来中国社会的高速发展，我想不是简单的迎从就可以解决的。

2009年，我从复旦大学古籍所博士毕业，进入浙江大学中国语言文学博士后流动站工作，中文系已经从东一教学楼搬迁至教学主楼。两年后，我顺利留校，完成了从学生到教师的身份转变。入职后的第一个十年，对每位青年教师而言，残酷且重要。感恩浙大中文系一直以来宽松且友好的学术环境，让我们这些青年教师得以做出些许的成绩，事实上，无论我们的能力是否足够，接续浙大中文的荣光，已变得迫在眉睫。怀念三十而立之时在教学事业上超乎寻常的热情，与朝气蓬勃的中文学子们切磋琢磨，教学相长，看着他们将浙大中文的精神带至五湖四海并发扬光大，也是赏心乐事一桩。浙大中文的学统，就在这样的言传身教中代有传承，很荣幸我也成为了其中的一环；而浙大中文的发展困局，在成为一名教师后，也较之学生时代有了更深切的体会。此中滋味，冷暖自知。

平心而论，近十年来青年教师所取得的成绩，已超过了之前任意十年的青年成果。但这是否意味着我们这一辈学人，就能够接过学术的接力棒，成长为在圈内有口皆碑的中坚学者，谁都不敢拍着胸脯说这句话。人文研究是一个厚积薄发、涵养品格的领域，我辈在过去十年的成长，到底是拔苗助长，还是自然催长，至少我没有全然肯定自己的底气。但作为人文学者，我们应该坚持自我审视的勇气，不断地完善自身的学术品格与修为。各兄弟高校的中文学科的发展固然呈现你追我赶之势，但中文精神的涵养绝不在一朝一夕之间。何去何从，以怎样的姿态成为民族之根本、世界之一流，是每一位浙大中文人都应该深思的问题。

2020年，浙江大学中文系建系百年。虽然仍旧作为青年教师的代表站在这里，可我明白大家都不再年轻。既然年届四十，那么就应该有"不惑"的觉悟。不惑是什么，每个人都有基于自己人生的不同理解：是担当，是责任，是清醒地认识自己的能力与意义，是在人生十字路口的再一次抉择。我和我的青年同事们，无论我们各自走向何方，选择更快还是更慢的人生道路，只要学术还是我们生命中的脉动，那就与浙大中文的发展休戚相关。各位系友，各位同学，虽然大家现在或即将在不同的工作岗位上发挥光与热，但相通的是一颗浙大中文的心。无论是面向过去的西溪，还是面向未来的紫金港，是毕业后留居杭州还是志在四方，此心安处是吾乡，浙大中文永远是大家的心灵家园。在座的各位先生、女士，以及未来的主人翁们，期待我们一起聚力，为浙大中文在第二个百年的发展贡献各自的能量。

　　谢谢大家！

浙江大学中文系学生代表朱泳霏同学致辞

尊敬的各位嘉宾、老师，亲爱的学长、学姐与同窗们：

大家好！

我是来自汉语言文学（求是科学班）2001 的朱泳霏。很荣幸能够得此机会发言。

百年系史，由求是书院、浙江高等学堂至国立浙江大学，从育英书院到之江大学，再至新时期杭州大学与四校合并后的新浙大中文系，我系开拓探索，调整巩固，全面发展，其间坎坷曲折，辉煌独创，细节或湮于尘埃，然从不应被遗忘。而百年系庆，既再现兴亡更替，更需书后世传奇。在满座才学间，我不敢班门弄斧，便请大家允许我以一场发言的时间，分享作为中文学子的一些浅陋而肆意的思考。

我不知大家都是为什么选择了中文系，但我能肯定的是，这是一个狂妄的决定，一条最纯粹的道路。大学课程，各校相异，而中国文学系尤无准的：或尚考核，或崇词章，或以文字、声韵为宗，或以目录、校勘为重。若只是比旁人多读了几本书，多写了几篇文，没有人会把自己的研学年岁平白地砸在这样多枝节而基础深厚、少标准而重任在肩的学科之上。所以我相信，大家心中都有着一席文学净土和一隅思维天地。我总是很欣赏中文学子的天赋与泪水。读《论语》篇章而慨叹，随超现实主义诗歌而翩然，当无数次逼近晦涩的文章旨趣，我们欲将师长与书页看穿，旷百世而相感。我们一面在从小到大的应试渊薮中爬行，一面在真理的坚守中游历。我们中文系没有也不应该有作家、老师、编辑这样的职业化标签，我们是一群对韵律、文字和美有独特志趣的人，不独立于世，也不将被世俗抹杀。

正如国立浙江大学中文系主任郭斌龢先生所说，"中国文学系课程，不可偏重一端，必求多方面之发展"。此处的多方面之发展，除却中文领域内的交织：义理、考据、词章，古文献、现当代、比较文学，更要求我们广博涉猎，在人文艺术、社会科学与自然科学领域内跨学科治学。这并非要求我们一定需要修读第二专业辅修课程，而是将其研学技巧和思维过程内化，以不同角度解读甚至突破既得的中国语言文学成果。我曾由哈佛大学本科生带领修读一门名为"自然科学中的比较文学"这样的课程，短短几次研讨课，我们以小说、诗歌、音乐、戏剧为载体，结合了数学与物理知识，可能只为解读一本书中的某个片段。如此踏出舒适圈，我们获得的便不只是象牙塔内既得理论的拼凑叠加，而是集思广益下的真知碰撞之果。这里的集思，集中的是古今之思、文理之思、中外之思，以及理论与实践之思。

如此，我们所就读的中文，便不止是中国文学，而成为了中国文化。我个人喜欢写字，曾在"哈佛 AUSCR 中美学生领袖峰会"的晚会舞台上为美方带去现场书法展示。当时哈佛授课人看直了眼，对于我们将中华服装、音乐、舞蹈与书法融而合一的节目企划赞不绝口。那是一次成功的传播，也更坚定我以绵薄之力助力扩大中国语言文学乃至中华文化影响力的决心。若拿古之文学大家举例，正如东坡之旷观、易安之直率、务观之激昂、太白之腾跃，使他们留名青史的如是风姿，不单单存在于诗词歌赋的文字之内，而在于其思维、其独创，其对于知识分子话语权的壮大，其背后的中华面貌和远播世界的文化印记。

远眺且近观，浙江大学构建的通识教育体系及国际化培养模式直接推进学子在中文学习上的持续性志趣和创新性发展能力。去年，汉语言文学专业加盟求是科学班，体验荣誉培养制度；今年，强基计划迎来第一批古文字学学子。近月，我校求是汉语言文学更入选教育部公布的"基础学科拔尖学生培养计划2.0"基地之列，彰显中文作为基础学科传播与创造知识、弘扬与引领文化的独特地位。

入学短短三月，我们初尝中文系课程。其间，有的并非单项输出的讲座，而是师生之间作为平等主体的关于文学与社会问题的交流契机；有的布置了具有相当难度的展示内容，直接拓宽我们合作研学的边界，提升挑战精深理论的志趣。我们在课堂上讨论从未系统涉足的社会问题，从文学中审视人类的生存困境与道德选择，于学术方面，专业底蕴、逻辑意识与研究视角初步建立；于现实方面，抒情表意、合作互通、聆听摘取能力逐渐增强。我眼见中文学子旁通西文，研治史哲；眼见探讨至深之时，大家的慨叹或激动，彻悟或动容；纵然著作接踵，未知庞杂，却不见任何悔意。

吾辈中文学子，必持最纯粹之赤心，专精于文，博雅观通，无吝于宗，天下来同。

衷心感谢各位师长的教授！祝中文系生日快乐！谢谢大家！

百年回顾 ▌

浙江大学中文系百年学脉的传承与拓展

国有成均，在浙之滨，浙西之博雅，浙东之专家，萃聚于此，这就是浙江大学中文系。浙江大学中文系滥觞于1897年成立的求是书院和育英书院的国文课程，发端于1920年的之江大学国文系和1928年的国立浙江大学文理学院中国语文学门。1998年前的主体是杭州大学中文系，1998年四校合并后建立新的浙江大学中文系，并由中文系和古籍研究所融合而成中国语言文学学科。浙江大学中文学科语言、文学与文献并驾齐驱，形成以文献史料为基础，将文学与语言、传统与现代、文献与文物、文学与影像、编纂与研究融为一体的研究格局，古今汇通，中西兼融，是浙江大学人文社会科学学科中既有悠久的历史底蕴又有强烈的现代气息的学科。

一、百年悠长的学脉

位于杭州钱塘江北岸的秦望山上又在著名景点六和塔西侧的浙江大学之江校区，是原之江大学所在地。校园依山而建，高低错落，隐于青松翠柏之间，是中国保存至今最为完整的现代大学校园之一。"之江大学旧址"2006年由国务院公布为全国重点文物保护单位。

1920年，之江大学成立国文系，这是浙江大学中文系的发端源头之一，到今年2020年，正好100周年。若追源溯始，当滥觞于1897年求是书院与育英书院国文课程的开设，距今已有123年。之江大学是现代大学的缩影，创建伊始，以西式教育为主，设文、理、商、建筑四科，成立国文系以后，始中西合璧，成为一所综合性大学。著名学者夏承焘、张允和、周有光、施蛰存、戴望舒、苏汶、张天翼等人都曾在之江大学任教。1928年，国立浙江大学文理学院成立，设置中国语文学门，1929年成为中文系，这是浙江大学中文系的又一发端源头。抗日战争全面爆发后，浙江大学西迁，中文系也辗转广西宜山、贵州遵义等地继续发展。

新中国成立以后，浙江大学与之江大学办学格局都发生了巨大变化。1952年院系调整，浙江师范学院成立。其文科的主体由浙江大学文学院与之江大学文学院构成，中文系成为主干系科。浙江师范学院中文系设立汉语言文学与古典文献专业，夏承焘、姜亮夫、任铭善、王焕镳、胡士莹等众多学识渊博的教授都在此任教。1958年在浙江师范学院的基础上成立综合性大学杭州大学。其时教师有夏承焘、王焕镳、胡士莹、孙席珍、任铭善、胡永声、陆维钊等著名学者。新时期以后，杭州大学中文系得到蓬勃的发展，1981年11月，入选国务院批准的全国首批博硕士学位授予点，其后覆盖中国古代文学、现代汉语、汉语史、中国现当代文学、中国古典文献学、文艺学、世界文学等学科。1995年，中文系中国语言文学学科被批准为国家文科基础学科人才培养和科学研究基地。1983年，杭州大学古籍研究所成立，并成为教育部全国高等院校古籍整理研究工作委员会所属的全国二十四家古籍整理研究机构之一。杭州大学于1996年9月通过"211工程"评审，成为面向21世纪国家重点建设的一百所大学之一。杭州大学中文系的学科基础、师资力量、学术实力、人才培养等也均居于全国同类学科的领先地位。

1998年9月，新浙江大学成立。新浙江大学由原浙江大学、杭州大学、浙江农业大学和浙江医科大学合并组建。四校合并后，由原杭州大学中文系为主体组成了新的浙江大学中文。中文系在新的平台上进入了全面发展的新阶段。1999年12月，成立了文艺学研究所、汉语言研究所、中国古代文学与文化研究所、中国现当代文学与文化研究所、比较文学与世界文学研究所。1999年新增中国语言文学博士后流动站，2000年获得中国语言文学一级学科博士点。原杭州大学古籍研究所更名为浙江大学古籍研究所。中文系与古籍研究所二者融合为中文学科，逐渐建立起学科会通、师生交融、学术各有侧重、发展携手并进的关系。新浙江大学中文系已发展成为居于全国同类学科领先地位的优势学科。在古代文学、古代汉语和古典文献学诸领域，拥有一批学术界公认的老一代学者和新一代学术带头人，在国际国内学术界具有明显优势和较大影响，并且形成与文艺学、中国现当代文学、比较文学与世界文学等学科的良性互动。构建了文学与语言、传统与现代、文献与文物、文学与影像、编纂与研究融合无间的多元立体的教学研究体系。

二、古今兼融的学统

浙大中文学科值得大书一笔者是它的学统。百年历史，浙学影响，名师垂范，使它逐渐形成了求是、求实、求真的学术传统。这一传统，在中文系的"三古"即古代文学、古代汉语、古典文献学领域表现最为突出。随着社会时代的发展，传统的"三古"在方法论和思想观念上有不断的创新和突破。

中国古典文献学是国家重点学科，是由著名学者姜亮夫、沈文倬等先生创建和发展起来的，专注于经学文献、礼学文献、诸子文献、古代语言文献、敦煌吐鲁番文献、古代职官科举文献、佛教文献和道教文献、东亚文献等领域的研究，同时注重学科交叉和创新研究领域的探索。尤其是在礼学文献、楚辞文献、敦煌文献、汉语史文献、宋学文献等五个领域的研究成果，在历届教育部人文社科优秀成果评选中都保持领先水平。

中国古代文学与中国古典文献学联袂而行，该学科经著名学者夏承焘、胡士莹、王焕镳、徐朔方、吴熊和等先生的努力，形成了良好的学术传统，其唐宋文学、明清文学、词曲学研究在全国同类学科中处于领先水平，并在国内外享有较高的声誉。目前具有先唐文学、唐宋文学、元明清文学和中国文学批评史等四个稳定的研究方向。

汉语史研究中心是国家重点研究基地，特色在于中古汉语、汉语词汇史、

夏承焘　　姜亮夫　　蒋礼鸿　　徐朔方　　吴熊和

王焕镳　　胡士莹　　任铭善　　孙席珍　　郭在贻

近代汉语及传统训诂学研究。该中心是新组建的浙江大学在汉语研究方面的一个面向全国的、开放性的研究机构，古今会通，传统与现代结合，实力之雄厚居全国前列，下设上古汉语研究所、中古汉语研究所、近代汉语研究所、汉字信息处理研究室。

现在的中文学科，在总体格局上更有了重大的拓展，文艺学、中国现当代文学、比较文学与世界文学、语言学与应用语言学应时而起，与"三古"传统相得益彰，影视与动漫编导、编辑出版学后来居上，形成了古今会通、中西兼融、语言与文学并包的多元立体的格局，研究方法上也呈现出新兴学科"历史化"与传统学科"现代化"的研究态势。

中西兼融，古今会通，基础与应用结合，产生了众多的标志性成果，如：入选"国家哲学社会科学成果文库"的《东汉疑伪佛经的语言学考辨研究》《汉语词汇核心义研究》《新出石刻与唐代家族文学研究》《汉语核心词的历史与现状研究》；获得教育部高等学校人文社会科学优秀成果奖一等奖的著作有《敦煌俗字研究》《甲骨文校释总集》；集大成与开拓新领域的学术成果有《敦煌经部文献合集》《中华礼藏》《中国当代文学史料问题研究》《外国文学经典生成与传播研究》等。

成果一览

三、引领性人才培养新体系

雄厚的师资队伍与科学研究成果支撑起中文系的研究型人才培养格局，形成了本硕博衔接的引领性人才培养体系。（一）一流本科。本科生培养方面，中文系设有汉语言文学与古典文献学两个专业，汉语言文学专业 1994 年即成为国家级文科基础学科人才培养和科学研究基地，2019 年获批国家首批一流本科专业建设点；古典文献学专业是全国高校古委会直接联系的教学单位，长期处于全国同类专业的领先地位。（二）特色专业。汉语言文学专业 2009 年获批国家级特色专业，培养具有深厚人文精神、良好道德素养、扎实理论功底、熟练专业技能、务实求真的专业人才。（三）拔尖计划。根据《教育部等六部门关于实施基础学科拔尖学生培养计划 2.0 的意见》，中文系汉语言文学专业自 2019 年起实施拔尖学生培养计划 2.0 版，培养能扎实掌握汉语言文学知识体系，具有高度的人文素质和深广的研究能力，富于创新精神与精英气质，以厚基础、宽口径、复合型为特征的引领性人才，同年获批国家首批基础学科拔尖学生培养计划 2.0 基地。（四）强基计划。汉语言文学（古文字学方向）是教育部批准的在部分高校进行综合招生改革试点的专业之一，该方向依托古代汉语、中国古代文学、中国古典文献学在全国同类学科中的领先优势，培养以古文字学与出土文献为核心，具备坚实的古代汉语基础、完善的古典文献学训练、深入的古典文学修养以及义理、考据、辞章相统一、志在"冷门绝学"领域锐意创新的专门人才。

在研究生培养方面，以培养本学科尖端人才为目标，强化成果创新，实施多方面的创新计划和重要举措。诸如：长期坚持学位论文答辩前的全部盲审和各方向预答辩制度；坚持二级学科为基础的每年一次的研究生专题学术论文报告会和一级学科层面的论文综合报告会；各专业每周定期开展专题研讨会和读书会。为了提高研究生的生源质量，实施本科生学术培育计划和研究生学术创新计划相结合的举措，让本科生提前进入研究生导师的科研项目，做好从本科生到研究生的有效对接；扩大直博生和硕博连读生的招生比例，选择较好的生源提前参与前沿、重大的科研项目进行研究；从2014年开始，实行博士生招生"申请—审核制"；提供各种机会，促进研究生进行国内、国际的学术交流。

四、大中文学科发展新格局

浙大中文系为国家级"大中文"人才培养实验区，立足于教改及其"大中文"教学和人才培养理念，对全国的大学文科教学改革具有很好的借鉴和示范作用。同时关联国家语言文字推广基地与宋学研究中心、浙江文献编纂中心，使得深厚强劲的中文学科更好地为国家与地方建设服务。

作为"大中文"人才培养成效标志者最集中地表现在专业设置方面。浙江大学中文系原有汉语言文学专业和古典文献学专业。2002年中文系增设编辑出版学专业，2004年原汉语言文学（影视文学方向）改为汉语言文学影视与动漫编导方向。2019年编辑出版学专业改为汉语言文学编辑出版学方向。目前，中文系设有汉语言文学、古典文献学两个专业，以及影视与动漫编导、编辑出版学两个方向，从而构成以"一体两翼"为主要特色的专业格局，即以汉语言文学为"体"，以"求是科学班""强基计划班""基地班"为"基础高端翼"，以"文学班""编辑出版学方向"和"影视与动漫编导方向"为"专业素质翼"。既重视强化基础、培养符合国家战略需求的高端人才，又注重应用创新和社会服务。从而形成了长线专业和短线专业、冷门专业和热门专业、基础专业和应用专业分层培养、互相促进的良性局面。

"大中文"实验区为新文科建设提供了良好的基础和发展契机。近年来我们的新文科建设，立足于四个方面：首先是通识教育。浙江大学中文系长期重视通识教育,2010年起,配合浙江大学的通识教育改革，开设首批通识核心课程，以大班理论课、小班讨论课结合的形式，进行线上线下课程的教学，形成了影响较大的浙大模式，促进教育进一步全面、协调与平衡发展。由中文系教师作为骨干主导的"文史哲通识课程建设的精品化与公开化"项目获教育部第七届优秀教学成果奖二等奖。其次是名师、名课、名教材。就名师而言，长期坚持教授、名师给本科生授课制度，同时实行本科生导师制；就名课而言，我们不断优化课程体系，打造金课，其中"中国现当代文学史"被评定为国家精品课程,"当代文学前沿问题研究"被认定为国家首批一流线下课程,"唐诗经典""宋词经典"被认定为国家精品在线开放课程,"析词解句话古诗"被认定为国家精品视频公开课程,目前在"中国大学MOOC"上线的课程达12门。就教材而言,《中国当代文学史写真》《训诂学概论》《文献学概论》《现代语言学导论》被评定为国家规划教材。再者是跨学科，大中文的发展。一是做到以文为主，文史哲融合；二是做到基础研究与应用研究融合，即以2020年获得教育部优秀科研成果奖而言，就有语言学研究成果《汉语词汇核心义研究》《古代文化辞义集类辨考》《汉语运动事件词类化的历时考察》及 *Interrogative Strategies: An Areal Typology of the Languages of China*，文学研究成果《新出石刻与唐代文学家族研究》《中国当代文学史料问题研究》,历史学研究成果《宋代登科总录》等。最后是国际化。"大中文"的格局促进了国际化的发展，我们尝试在教学科研方面进行多种途径的探索：一是文学著作外译与学术著作外译并驾齐驱；二是加强中文学科与中外著名作家的交流，甚至将柔性引进作家作为中文系教师作为一种尝试；三是有关中国文学与世界对话中，将中国文学著作向外推介作为重要使命；四是与海外著名高校合作建立研究平台，如与美国哈佛大学地理分析中心共建"学术地图发布平台"；五是大力推进本科生与研究生进行海外学习和交流，目前我系博士生出国率达到100%，本科生与硕士生的出国率达到80%。

五、上下求索：百年中文新起点

回顾正式建系的百年历程，浙江大学中文系孕育集聚了大批名师硕儒，培养了无数英才，创造了精深的学术成果，建立了传承有序的学统，树立了谨严纯正的学风。这种学脉又通过一代又一代气质博雅、格局弘阔、富有人文精神的毕业生得以延伸和扩展。

站在下一个一百年的起点上，浙江大学中文系将以更加深沉广大、博雅专精的学术气象，继续奋进，勇立潮头。充分发挥中国语言文学学科百年传承的传统优势，形成古代文学、古代汉语、古典文献学和语言学与应用语言学、中国现当代文学、文艺学、比较文学与世界文学等学科良性互动的发展格局；在人才培养、科研创新和队伍建设方面实现全面提升，重点突破，打造"精""特""强"的一流学科，并取得一批具有重大影响的标志性成果；综合实力居于国内学科的第一方阵。

聚焦到人才培养方面，中文学科关乎民族的母语和文学，是传承中华民族精神血脉与文化基因的关键所在。我们将以百年积淀为起点，在优秀文化传统继承的基础上努力开拓创新，服务于新时代中国优秀传统文化传承与创新的战略需求，培养在中国语言、文学、文献等领域具有扎实基础、宽广视野与人文精神的创新性人才。集中到学术研究方面，致力于浙大中文学统的拓展。由明清之际朱彝尊开启的浙东学派、顾炎武开启的浙西之学，经过龚自珍、王国维、鲁迅、马一浮等鸿儒硕学的发挥，再由我们中文学科的夏承焘、姜亮夫等诸大师的弘扬，一直传承至今。"浙西尚博雅""浙东贵专家"二者融合的学风，在浙大中文人的百年传统中得到了很好的凝聚和体现。我们将努力在学统传承中开拓新的领域，建立新的学派。凝结到思想创新方面，中文作为人文学科，贯穿着人文精神和思想，更要在学术研究的基础上创新思想观念，提倡独立精神，不断求索，以探掘母语包括文字与文学承载的中华民族的灵魂。

（《中华读书报》2020 年 12 月 9 日）

浙大中文一百年

　　浙江大学中文系，肇始于1920年之江大学国文系，这也是现代大学教育意义上的中国语言文学系在浙江的发端，距今恰为一百周年。如寻源而溯始，当滥觞于1897年育英书院的建立以及求是书院创立时期国文课程的开设，距今已有123年。其后，1928年国立浙江大学文理学院中国语文学门成立，中文系的历史脉络遂如二水并流：其一为育英书院、之江学堂、之江大学国文系；其二为求是书院国文课、浙江高等学堂文科、国立浙江大学文理学院中国文学系和师范学院国文系。这两条脉络在新中国成立之初的学科和院系调整过程中，同浙江俄文专科学校、浙江师范专科学院之相关学科汇聚为浙江师范学院中文系，后为杭州大学中文系，直至现在的浙江大学中文系。

　　百年来，东南学脉绵延，湖山学统不坠。浙江大学中文系的历史折射了中国现代教育事业的发展，为中国语言文学学科的建设和发展作出了重要贡献。2011年，《浙江大学中文系系史》三卷本出版，全面回顾与整理了浙江大学中文系的历史。今值浙江大学中文系正式建系百年之际，我们以《系史》为基础辑为这部简明的《浙大中文一百年》，以耀辉光，复启新纪。

浙江大学中文系

2020年10月

一、育英书院和之江学堂（1897—1914）

"书院"之名，始见于唐。清袁枚《随园随笔》载："书院之名起唐玄宗时，丽正书院、集贤书院皆建于朝省，为修书之地，非士子肄业之所也。"真正具有聚徒讲学性质的书院到北宋相继创建，如岳麓书院、应天府书院、嵩阳书院、石鼓书院和睢阳书院等均负一代盛名。南宋时期的书院发展成为主要的教育机构。元明清数朝，书院始终是传统教育的重要组成部分，讲授内容主要是传统的经史之学和科考文章。但至19世纪后期，随着西学的传入，作为现代高等教育机构雏形的新型书院在各地纷纷诞生。这些新型书院，既有外国传教士所创办者，也有地方政府或当地士绅所创办者。杭州的育英书院属于前一种类型，求是书院属于后一种类型。

1845年，美国基督教长老会海外传道部宁波差会在宁波创立了专门学校崇信义塾。1867年，崇信义塾迁至杭州，更名为育英义塾。校址初设于皮市巷，两年后迁至大塔儿巷。1897

育英书院牌匾

1898年育英书院师生合影

年更名为育英书院（Hangchow Presbyterian College）。

育英书院分设正科和预科。正科相当于大学，学制 6 年，设置英文、化学两个专科；预科相当于中学，学制 5 年。校长为美国长老会传教士裘德生牧师，教务长为中国人萧芝禧。

1903 年，育英书院将正科学制由 6 年改为 5 年，预科改为附属中学，学制改为 4 年。书院在裘德生的带领下生源越来越好，教学质量也逐渐提高。至 1905 年，书院部（即大学部）有学生 35 人，中学部有学生 80 人。1906 年 11 月，校董会决议将书院扩充为大学。校址定在六和塔秦望山二龙头一带。1908 年初开始建设，历时数年，次第竣工。经过 3 年规划经营，主要建筑如教学大楼、宿舍、图书馆、实验室先后落成。该处位于钱塘江北岸，三面环山，一面临江，又当六和塔西侧，地势开阔，江山如画，学校占地面积 300 余亩。

1911 年，育英书院迁入新校舍，因钱塘江流经其下，曲折成"之"字形，故更名为之江学堂。由美国传教士王令赓为校长，学生增至 140 人。1912 年孙中山先生曾到校讲话，并与师生合影留念。

1912 年孙中山视察之江学堂

二、之江大学国文系（1920—1949）

1914 年，之江学堂改名为之江大学。

1920 年 3 月，之江大学校董会派员赴美国同长老会商讨办学方针，取得毕业生学士学位授予权，之江大学成为一所完全大学。11 月，之江大学获得美国哥伦比亚特区立案，从此实行新学制，分文、理两科，文科设国文系。之江大学国文系在 1920 年的创建，标志着浙江大学中文系百年历程的正式起点。

1922 年 6 月 17 日，之江大学首次举行毕业生授予学位典礼，颁发学士学位，还首次引进西式的学位帽和礼服。最早获得之江大学文学士学位者是顾敦鍒和周志新。

北伐战争时期，国民革命军于 1927 年 2 月攻占杭州。出于政治、经济方面的原因，之江大学校董会于 1928 年 7 月 5 日决议学校暂时停办，所有学生转至其他学校继续求学。

江浙局势渐趋稳定后，之江大学同学会于 1929 年春发起复校运动。5

之江大学钟楼

月底校董会召开会议决定当年秋季复校。1929 年 9 月 14 日，之江大学正式复校，当时校长朱经农未到任，遂聘李培恩为副校长，代理校长职务。1930 年，校董会正式推举李培恩为校长，后聘孔祥熙为名誉董事长，并制定了新的学校组织大纲，校设文、理两院。文学院包括中国语文、英文学、政治学、经济学、教育学、哲学等系。

1931 年，根据当时政府的"大学组织条例"，包括 3 个学院以上才可以称为大学，故校董会以"之江文理学院"名义向教育部申请立案。教育部批准立案后，校董会通过了之江大学文理学院组织大纲，设文、理、商、建筑 4 学院，国文、英文、政治、经济、教育、哲学、化学、生物、物理、土木 10 系。学生增至 313 人，教职员 44 人。国文系设于文学院。

1932 年，之江大学文理学院学生增加到 597 人，教职员 70 人，开设课程 89 门，图书馆与科学馆先后落成，学校试行导师制，谋求"训教合一"。这期间国文系的教师主要有钟钟山、徐昂、李笠、夏承焘、胡才甫等，颇多知名之士。这一时期，学生社团组织的发展也颇为迅速，有中国文学会、之江诗社、之江西剧社、提琴社、口琴社、蓓蕾摄影社等。

抗战全面爆发后，学校因资金缘故无力西迁，遂于 1937 年 12 月 6 日决定学期提前结束，师生遣散。1938 年 2 月 17 日，在李培恩院长等努力下，之江大学在上海租界博物院路广学会大楼复校开学，开设课程 66 种，教职员 28 人，新老学生 182 人，并与当时在上海租界的美国教会大学沪江、圣约翰、东吴、金陵、金陵女大等实行 6 校合作，学生可以互选课程。同年暑假，又为来沪的之江大学老生 150 余人开办为期 8 周的补习班，以补足上学期所缺课程。1938 年秋季开学后，之江大学迁入上海南京路慈淑大楼办公和上课。该学期有学生 474 人，教职员 53 人（半年后增至 61 人），开设课程 125 种（半年后增至 138 种）。内地老生陆续来沪复学，至 1939 年秋季开学时学生已增至 642 人，教职员 78 人，开课达 150 余种。

1940 年起，之江大学将原来的文理学院改组为文、商、工三学院。文学院设有中国文学、英国文学、政治、教育等系。文学院的著名教授主要有谭天凯、林汉达、韦悫、夏承焘、马叙伦、王遽常、徐昂、曹未风等。在艰难的岁月里，之江

朱生豪、宋清如夫妇

大学国文系的师生依然积极探索，培养出一批优秀人才，包括以翻译莎士比亚戏剧而闻名的著名翻译家朱生豪。

抗日战争胜利后，之江大学先在上海复校，并招收新生入学，再次设立了文学院，并增设了新闻系。1946 年春，之江大学结束了"流亡"生活，返杭州复校。1948 年 7 月，国民政府教育部正式核准之江大学为包括文、工、商 3 个

学院的综合性大学。当时代理文学院院长为顾敦鍒，文学院教师有王裕凯、胡士莹、王季思、佘坤珊、何翘森、慎微之等著名教授。

三、求是书院国文课（1897—1901）

1895年8月，汪康年、陈仲恕等人在浙江多方奔走鼓吹，倡议创办新式学堂，取名"崇实"学堂，但遭到了浙江保守官绅的阻挠而终未成功。此举为求是书院创办的先声。1896年，新任杭州知府林启与提倡革新的士绅商讨新办新式学堂事宜，后奏请巡抚廖寿丰，建议以被没收充公的普慈禅寺为校舍，开办新学堂。经廖寿丰批准名为"求是书院"，拨银2万两为办学经费，任命林启为总办，陆懋勋为监院，陈仲恕任文牍斋务，并于1897年农历正月开始筹办招生开学事宜。"求是"一词源出于《汉书·河间献王传》："修学好古，实事求是。"颜师古注："务得事实，每求真是也。"晚清不少地方兴办新式学堂，往往以"求是""崇实"为名，盖有务求实学和存去非的双重意蕴，这与晚清西学东渐的时代潮流密切关联。至于不称学堂而称书院，是因为当时科举制度尚未废除，社会各界对学堂持怀疑或歧视态度，为避免官僚士绅的反对和阻挠，就沿用了书院的旧名而不称学堂。求是书院于1897年5月21日正式开学上课。以"培养人才，讲求实学"为办学宗旨，学制为5年，但实际上从未办过毕业，读到相当程度，学生便可自由退学。

书院第一届招收秀才30名，入学者膳宿和学费全免，并有三至五元的津贴费。这一班学生称"内院生"，待遇最好，成绩优秀者还可以获得奖学金。第二年求是书院广招学额，分设内、外两院，第一届原有学生为内院生，新招收的60名学生为外院生，其中秀才出身者有20人，资格虽与内院生相同，待遇远不及前者。1899年开始，逐年招收的学生均不是秀才出身，称为"蒙生"，属于外院生的一种。

浙江大学中文系最初的源头之一，即是1897年求是书院正式开办时所开设的国文课程。书院开课伊始，便将国文课列为必修课之一。在教学方法上，国文课程强调学生自行研习，有疑而问，教师进行解答，"往往有上课一小时而教师未发一言的"。课后则要求学生"每日晚间及休沐之日，不定功课，应自浏览经古文并中外各种报纸。各随性情所近，志趣所向，讲求一切有用之书，将心得之处撰为日记、学习札记，定期交教习批改"。这种教学方法的创新，对提高教学效果、造就有用之才具有极大的促进作用，也为其后的人才培养模式提供了借鉴。

四、浙江高等学堂文科（1901—1914）

1901 年，为响应清政府"着各省所有书院，于省内均改设大学堂"的兴学诏，求是书院改称浙江求是大学堂，次年又改称浙江大学堂。1903 年因北京成立了京师大学堂，遂将地方各学堂改称高等学堂。浙江大学堂由此更名为浙江高等学堂。

浙江高等学堂开始只办高等预科，1905 年规定在预科以外另设师范科和师范传习所。当时师范科和师范传习所的招生对象，大多为年龄较大、国文程度较好、其他学科成绩较差而能造就速成师资的人。1908 年，浙江高等学堂预科第一班毕业，至此开设正科。正科生分设第一类（文科）与第二类（理科），第一类毕业升入大学文法等科，第二类毕业则升入大学理工等科。浙江高等学堂维持至 1914 年 6 月归北京京师大学堂办理而完全停办。

浙江高等学堂时期担任文科国文课教师的名家极多，如宋恕、张相、马叙伦、蒋麟振、陈屺怀、魏仲车、杨敏曾、陈去病、沈士远、沈尹默、沈祖绵等。他们大多为当时学界的重要人物，为浙江大学中文系的学科发展起到了重要的早期奠基作用。

1899 年书院所聘主讲国文的宋恕（1862—1910），以学问渊博、思想新颖著称。他作为近代启蒙思想家，与陈黻宸、陈虬并称"浙东三杰"，在晚清民初的维新思潮中，具有重要的历史地位。他著书立说，强调"著书专为世界苦人立言"，曾游说李鸿章、张之洞，未被采纳，退而讲学，学生受益很多，书院读书风气为之一新。

出生于杭州的马叙伦（1885—1970），治学严谨，学识渊博，于文字学、金石学、训诂学、老庄哲学、诗词等皆有建树。1922 年，他曾出任浙江省教育厅厅长。新中国成立后，他先后担任第一任教育部部长和高等教育部部长。著有《古书疑义举例札迻》等。

宋　恕　　　　　　　马叙伦

1911 年任教于浙江高等学堂的陈去病（1874—1933），是近代著名诗人，南社创始人之一。原名庆林，字佩忍，号垂虹亭长。江苏吴江同里人。因感西汉名将霍去病"匈奴未灭，何以家为"之语，遂易名为"去病"。早年参加同盟会，追随孙中山先生，宣传革命不遗余力。他才华横溢，一生著述甚丰，主要有《浩歌堂诗钞》《浩歌堂诗续钞》《巢南诗话》《诗学纲要》《辞赋学纲要》《病倩词》等。1911 年初，陈去病来到杭州，在浙江高等学堂教授国文。在浙江高等学堂，他介绍了原绍兴府中学堂学生宋琳入南社，并支持宋琳在原绍兴匡社的基础上组织越社，鲁迅、范爱农等均为社员。陈去病并作《越社叙》，号召革命党人以人定胜天的坚定信念拯救危难中的祖国。

1907 年曾任教于浙江高等学堂的沈尹默（1883—1971），生于浙江湖州，是中国现代著名的学者和书法家。他 25 岁即在浙江高等学堂教授国文，后来又到杭州两级师范学校任教，并于1913年到北大中文系任教。新中国成立后，曾任中央文史馆副馆长、上海市文联副主席等。

五、国立浙江大学文理学院中国语文学门（1928—1930）

浙江高等学堂至1914年6月停办后，1921年11月，浙江省议会建议筹办杭州大学。12月30日，省议会推举蔡元培、陈楬、蒋梦麟、

沈尹默

陈大齐、阮性存、马寅初、郑宗海、何炳松、应时、汤兆丰等10人为杭州大学董事。次年3月，省长张载阳列出了22人的董事会名单，送省议会审议。当年的浙江省教育经费预算列支100万元为杭州大学开办之用，勘定万松岭敷文书院一带为校址。但由于浙江政局动荡，杭州大学的筹备工作未见其效，但为随后浙江大学的创办提供了基础。

1927年春，国民革命军北伐进入浙江。4月，时任国民党中央政治会议浙江分会委员的蔡元培提议创立浙江大学研究院，经国民党中央政治会议浙江分会决议通过。5月，浙江省政务委员会第十五次会议通过设立浙江大学研究院计划案，并决议拨15万元作为开办费用，聘请张人杰、李石曾、蔡元培、马叙伦、邵元冲、蒋梦麟、胡适、陈世璋、邵裴子等9人为筹备委员，成立筹备处，以高等学堂、陆军小学堂旧址、文澜阁旧址、罗苑为浙江大学研究院院舍，进行筹备。后因研究院规模宏大，需费甚多，筹备委员会决定研究院暂缓设立，先筹办大学。适逢蔡元培等提出采用法国大学院制度，设大学区而不设教育部的建议。国民党中央政治会议遂通过《大学区组织条件》草案和浙江省试办大学区制的决定，将杭州各高等院校合并，改称国立第三中山大学。蒋梦麟出任校长，设工、农两学院。1927年8月1日，邵裴子受聘为文理学院筹备委员，筹办文理学院。1928年4月1日，国立第三中山大学改称中华民国大学院浙江大

学。同年 7 月 1 日起称"国立浙江大学"。1928 年 8 月，文理学院成立，邵裴子为院长，于秋季开始招生。院址设于高等学堂陆军小学堂旧址。

浙江大学文理学院的设立目的是：（一）提倡科学方法，以革新自由思想之习惯；灌输科学知识，以确定高等学术之基础；致力于学术研究，以推广知识之界限。（二）注重教育学之研究及教育方法制度之试验，以改进浙江全省之中小学及社会教育。（三）搜集及整理浙

国立浙江大学文理学院大门

江省自然及社会方面之材料……（四）养成忠实勤敏之世风。（五）造成通达明敏之社会服务人才。（六）提高一般民众之知识。①

浙江大学文理学院成立后，于本科设中国语文、外国语文（先设英文组）、哲学、数学、物理、化学、心理、史学与政治、体育、军事十一个学门，另设医药预备科。中国语文学门成立时，新文化运动的主将之一刘大白担任主任，中国现代著名民俗学家钟敬文当时任助教。在文理学院任教者还有梅光迪、郭斌龢、冻遽、陈嘉、林天兰等著名学者。

刘大白

1929 年 9 月，文理学院将中文、外文、史学与政治、数学、物理、化学六主科学门改称学系，增设生物、心理、经济、教育四学系。中国语文学门遂改称中国语文学系。1930 年，因历年预算不能实现，且院长邵裴子深感能胜任文科教学者人才过少，遂决定中国语文学系停办，学生转送至北京大学及南京中央大学借读，中国语文学系还称学门。

---

① 孙祥治：《浙江大学校史初稿》，1963 年。

六、国立浙江大学中国文学系与国文系（1938—1949）

1937 年抗日战争全面爆发，国立浙江大学按计划于 9 月 10 日在杭州开学，同时积极筹划西迁。9 月 23 日，本年暑期招收的一年级学生，连同任课教师约 300 人，至浙西於潜西天目山麓的禅源寺开学。11 月 5 日，日军在杭州登陆后，杭州危急，浙大决定逐步向西南撤退。11 月 15 日，迁至浙西建德县城（梅城），17 日复校上课。12 月 9 日西天目山的师生也至梅城复课。12 月 24 日杭州沦陷，建德城内警报日多，全校师生遂撤往江西。1938 年 1 月 21 日抵达吉安，次日复课，三周后举行考试。2 月 18 日再迁至泰和县上田村。2 月 24 日，新学期开始上课。7 月日军侵占九江后，浙大师生循水陆两路迁往广西宜山。

在宜山办学期间，浙江大学奉教育部令在文理学院复设中国文学系，又新成立了浙江大学师范学院，内设国文系。浙江大学文理学院中国文学系和师范学院国文系于 1938 年正式招生。该年 10 月，中国文学系和国文系两系师生于广西宜山文庙成立了中国文学会，以弘扬国故、探讨新知为宗旨。当时浙江大学校长为竺可桢教授，文理学院院长为胡刚复教授，师范学院院长为王琎教授，中国文学系主任兼国文系主任为"学衡派"的重要代表郭斌龢教授（1900—1987）。中国文学系和国文系成立之际，郭斌龢宣读了《国立浙江大学文理学院中国文学系课程草案》：

郭斌龢

大学课程，各校不同；而中国文学系尤无准的。或尚考核，或崇词章，或以文字、声韵为宗，或以目录、校勘为重。譬如耳目口鼻，皆有所明，不能相通；一偏之弊，殆弗能免。昔姚姬传谓：学问之途有三，曰义理，曰考据，曰词章。必以义理为主，然后考据有所附，词章有所归，世以为通论。而学问之要，尤在致用。本学术发为事功，先润身而后及物。所得内圣外王之道，乃中国文化之精髓。旷观史册，凡足为中国文化之典型人物者，莫不修养深厚，华实兼茂；而非畸形之成就。故中国文学系课程，不可偏重一端，必求多方面之发展。使承学之士，深明吾国文化之本原，学术之精义。考核之功，足以助其研讨；词章之美，可以发其情思；又须旁通西文，研治欧西之哲学、文艺，为他山攻错之助。庶几识见闳通，志节高卓。不笃旧以自封，不骛新而忘本。法前修之善，而自发新知；存中国之长，而兼明西学。治考据能有通识；美文采不病浮华。治事教人，明体达用。为能改善社会，转移风气之人材，是则最高之祈向已。①

他还对《草案》的内容作了一番详细的阐释："考据、义理、词章三者，实乃为学之于科学性、思想性与艺术性的相互结合。居今日而论学，须本姚氏之言而申之，不可滞于迹象。故所谓义理者，非徒宋儒之言心性也；所谓考据者，非仅清人之名物训诂也；所谓词章者，亦非但谓某宗某派之诗文也。凡为学之功，必实事求是，无证不信，此即考据之功也。考证有得，须卓识以贯之。因小见大，观其会通，此即义理之用也。而发之于外，又必清畅达意，委析入情，此即词章之美也。考据赖乎学，义理存乎识，而词章本乎才。孔子之修《春秋》也，其事则齐桓、晋文，其文则史，其义则丘窃取之矣。其事则考据也，其文则词章也，其义则义理也。非三者相辅，不足以成学。明乎此意，庶可免拘率之见，偏曲之争矣。"② 这反映出当时兴办中文系的宗旨不仅在于传授知识，更在于使学生获得中国文化之修养，以识见闳通、气质典雅、明体达用为鹄的，以期治世教人、改善社会国家。这种办学思想一直影响至今。

1939 年 8 月，文理学院分立为文学院和理学院，文学院设中文、外文、教育、史地等系。文学院院长为"学衡派"代表梅光迪教授（1890—1945）。梅光迪

---

① 应向伟、郭汾阳编著《名流浙大》，浙江大学出版社，2007 年版，第 117 页。
② 应向伟、郭汾阳编著《名流浙大》，浙江大学出版社，2007 年版，第 117—118 页。

自美国哈佛大学留学返国，先后任南开大学英文系主任、东南大学洋文系主任、中央大学代理文学院院长。1936年任浙江大学文理学院副院长兼外国文学系主任。1939年任文学院院长。文学院独立建院后，郭斌龢教授仍为文学院中国文学系兼外国文学系及师范学院国文系主任。缪钺、詹瑛、萧璋、戴名扬、张仲浦、李菊田、刘永济、陈大慈等著名学者先后在校任教，1938—1939年间，马一浮亦曾在全校讲学一年。

梅光迪

1939年11月南宁失陷，桂南形势紧张，浙大被迫再次迁往贵州遵义。1940年2月在遵义东面的湄潭扩充校址，将文学院和师范学院的文科设在遵义，理学院等设在湄潭。自此直至抗日战争结束回迁杭州，浙大在贵州办学长达七年之久。这就是浙江大学历史上的艰苦卓绝的"西迁"历程。

龙泉分校校舍

鉴于西迁后交通、经济等原因，浙大曾于1939年1月间向教育部要求在浙东开设大学先修班。4月，教育部复电同意在浙赣闽之间设立分校。1939年4月至7月间，浙大在浙江龙泉县坊下村建立了浙东分校，后改名龙泉分校。龙泉分校创办初期仅设一年级，到1941年8月增设二年级。龙泉分校先后设立文、理、工、农、师范5个学院。文学院设中国文学系，师范学院设5年制的国文系和国文专修科。这时中国文学系和国文系有夏承焘、任铭善、陆维钊、王季思等9位教授。

据文学院40年代毕业生杨志彬回忆，当时读中文系，不仅要重点学习中文的古今名著、经史子集、中国文学史等课程，以掌握专业知识，还必须学习哲学概论、中国通史、西洋通史、政治经济学、教育学、心理学、生物学、西洋文学等等，以开阔眼界，丰富知识，使专业有广博而坚实的基础。中文系教授缪钺、王焕镳、萧璋、祝文白等人教古代散文、古代汉语、诗经、楚辞、唐诗、宋词、艺术欣赏等。特别是缪钺教授上诗词课时，讲解精练透辟，文情交融，生动自然，极其引人入胜。不仅中文系的同学聚精会神，听得津津有味，还有不少其他院系的同学也来选课或旁听，教室常为之满。除了上课，还经常举办一些学术活动和讲座，如王阳明的学说与爱国精神、纪念徐霞客逝世三百周年学术讨论等，莫不内容丰富，是非分明，增人见识，扩人胸襟，令当时师生更加强了抗战必胜的信心。"黑白文艺社"是当时学校里的学生进步组织，当时的社长是中文系二年级学生何友谅。[①]

黑白文艺社合影

浙江大学文理学院先后创办了许多学术性刊物，发表了数量众多的论著，尤以中国文学系的诸多教授为主力。如 1940 年 9 月创刊于贵州遵义的《国立浙江大学师范学院院刊》，郭斌龢、梅光迪等任编委。出版了第一集的第一册、第二册（1941 年 6 月 1 日出版）两期，每期石印线装一册，均 70 余页。如郦

---

① 刘操南：《浙江大学在遵义》，浙江大学出版社，1990 年版。

承铨《中国学术与今日大学之中国文学系》（刘操南记）、缪钺《中国文学教学法商榷》等论文均首载于此。1942 年 6 月在遵义创刊了《国立浙江大学文学院集刊》，郭斌龢任编委会主席，梅光迪、张荫麟等为编委，后复增补谭其骧为编委。共出版了 4 集，石印线装。刊载有梅光迪《卡莱尔与中国》、缪钺《杜牧之年谱》、李源澄《汉代赋役考》、张荫麟《燕肃著作事迹考》、郭斌龢《章实斋在清代学术史上之地位》等论文。1941 年 8 月 1 日在贵州遵义创刊了《思想与时代》月刊，铅印十六开，每期 18 页左右。以"科学时代的人文主义"为宗旨，撰稿者有郭斌龢、张荫麟、夏承焘、钱穆等以及其他大学的著名教授朱光潜、冯友兰等。

抗战胜利后，1945 年 10 月至 1946 年 9 月，龙泉分校和贵州总校师生全部回杭州复课。此时文学院有国文、外文、史地、教育、哲学、人类学 6 个系及国文、史地 2 个研究所，师范学院有教育、国文、史地、英语、数学、理化 6 个系及国文、数学 2 个专修科。文学院共有学生 334 人，师范学院共有学生 106 人。

七、新中国成立之初的中文系（1949—1952）

1949 年 5 月 3 日，杭州解放。浙江大学由临时校务委员会负责处理日常的校务工作，做好迎接军事接管的准备。6 月 8 日，根据军代表发出的接管通告，文学院、法学院及师范学院接管组长为许良英，干事有陈乐素、陈建耕、张复文。接管工作包括：（1）对学校财产、图书、设备进行登记造册和移交；（2）调整教师；（3）调整学校和各学院的领导班子，建立新的校务和院务委员会。接管后的浙江大学设文、理、工、农、医、法 6 个学院，浙江大学教授孟宪承任文学院院长并兼校务委员会常务委员，参与主持浙江大学校务。文学院设中文、外文、教育、人类 4 个系，原有的法律、哲学 2 个系及史地系的历史组暂停授课，学生皆转院、转系或转学。1951 年初，浙江大学文学院中文系部分师生参加土改试点工作。同年 10 月，按照华东军政委员会和浙江省人民政府的部署，浙大文学院中文系、外文系、教育系、历史系、人类系 5 个系科师生 113 人（其中教师 27 人，学生 86 人）参加了安徽省五河县为期两个月的土改工作。文学院陈立院长任土改工作队大队长。至 1951 年 11 月，浙江大学文学院有中文、外文、教育、人类学 4 个系，专任教师有 54 人，其中教授 21 人、副教授 13 人、讲师 10 人、助教 10 人，兼任教师 3 人，其中教授 1 人、讲师 2 人。文学院在校学生 174 人，其中本科生 156 人，研究生 6 人，专科生 12 人。

同期，之江大学亦有较大变迁。1950 年，校董会推选黎照寰为校长，周正为副校长。之江大学不接受外国经费，美籍教师回国。文学院改为文理学院，周正兼院长。文学院下设中国文学系（王焕镳为系主任）和外国文学系（黎照寰兼系主任）。至 1951 年底，之江大学文理学院有中国文学、外国文学、教育学、政治学、数理学 5 个系。专任教师 26 人，兼任教师 5 人，在校学生 64 人。

王焕镳

1951 年 8 月，全国第一次师范教育会议就高等师范学校的调整和设置，提出"以大学文理学院为基础，改组成立独立的师范学院"的原则。同年 11 月，全国工业学院院长会议上又提出院系调整的设想，其中有关浙江的方案是："将浙江大学改成多科性的工业高等学校，校名不变；将之江大学的土木、机械两系并入浙江大学，浙江大学的文学院并入之江大学"。其后，教育部根据政务院提出的"以培养工业建设人才和师资为重点，发展专门学院，整顿和加强综合性大学"的方针，在全国范围实行了较大规模的院系调整。1952 年夏，在全国高等院校调整过程中，之江大学建筑工程系并入上海同济大学，商学院工商管理财经系并入上海财经学院，工程学院各系并入浙江大学，文学院各系及部分数理化学系进入浙江师范学院。浙江大学文学院亦进入新成立的浙江师范学院。自此，之江大学结束，浙江大学也转型为工科大学。

八、浙江师范学院中文系（1952—1958）

1950 年 2 月，中共浙江省委和浙江中苏友好协会为了加速俄语专业人员的培养，创办了俄文专科学校。3月1日开学，学制两年。第一任校长由杭州市委宣传部长俞铭璜兼任，教务主任为周道范。第二任校长是商景才，由王顾明担任教务主任。俄文专科学校主要课程有苏联文学讲读课、语法课、会话课、翻译课、中国语文课、政治课，还有凯洛夫的教育学、苏联文学和苏联介绍等。除课堂学习外，学生还要参加浙江中苏友好协会接待苏联访问人员的翻译活动。1950年3月到1951年3月间，共招收三届学生。[①]1951年春，随着社会经济文化教育事业的发展，各类师资缺乏的现象日益严重，培养合格师资迫在眉睫。浙江省政府决定由文教厅和浙江大学联手创办浙江师范专科学校。校长由文教厅副厅长俞子夷兼任，教务处主任为王绮，校址设在华家池。9月初开学。设数、理、化等6个专业，学制两年。各专业招生40名，首届累计招生240名。

1952年院系调整，浙江师范学院成立。俄文专科学校与浙江师范专科学校均并入新成立的浙江师范学院，与中文专业相关的教师进入浙江师范学院中文系任教。

浙江师范学院初立时设3个系、7个专修科。学制本科四年，以培养高中师资为主；专修科两年，以培养初中师资为主。浙江师范学院图书馆接收了原浙江大学文学院中国文学系的各种图书12905册、玉海楼图书及遗稿3008册、拓片1002份。原之江大学国文系、浙江大学中国文学系和俄文专科学校、浙江师范专科学校的相关专业和教师遂并入浙江师范学院中文系，短短数年内，规模迅速扩大、机构逐渐健全，成为当时教师阵容强大、学术实力强劲的一个系科。1954年，浙江师范学院在杭州市体育场路设分部，将中文系、历史系、政治专修班、体育专修班迁入分部。1955年，在杭州市松木场另辟校址建设新校舍。1957年4月，校部机关、中文系、历史系和政治专修科迁入新校址办学，六和塔原址改为分部，数学、物理、化学、地理、外语、教育等系暂时在分部，体育专修科仍设在体育场路。

---

① 《杭州大学校史（1897—1997）》，杭州大学校史编辑委员会，1997年。

中文系设有汉语言文学和古典文献两个专业，学术水平和声誉在全国大学中均名列前茅。首任系主任为王西彦，中文系有夏承焘、姜亮夫、任铭善、王焕镳、胡士莹等众多学识渊博的教授坐镇，极大地提高了整个系科的学术水准和教学质量，培养了一大批优秀学生。

为适应当时特殊的时代要求，普及全民文化教育，中文系培养了一大批中小学和夜校的语文老师。学校按照中央指示的"整顿巩固，重点发展，保证质量，稳步前进"的方针，以培养中等学校（包括中等技术学校、中等师范学校）的师资及中级文化教育行政干部为主要目标。学院根据自身的师资力量，有计划地进行系科建设，集中力量培养中学师资。为解决中等教育师资的急需，中文专业的专修科开办一年制师资短训班，招收一批小学骨干教师，将他们培养成为初中教师。1954 年 7 月，中文等 5个系又组织中学教师进修部，以适应对在职中学教师的培训提高。1956 年秋，浙江师范学院成立函授教育部，设中文和数学两个函授专修班，招收函授生 236 人。除了针对国家普及教育的需要采取的一系列人才培养措施，中文系也不遗余力地加强力度培养高素质科研人才。在研究生教育方面，1953 年9 月，中文系姜亮夫教授和夏承焘教授招收古汉语和古典文学研究生共 10 人。1954 年 1 月，为加强教学研究，中文系新建了古典文学教研组。

浙江师范学院的科学研究工作是从 1954 年开

王西彦

姜亮夫

夏承焘

始的。在这之前，历年的教学工作计划中虽都提及科学研究工作，但局限于教学法和苏联教材的研究。为了指导和推动科学研究工作，1955 年 2 月，学院建立学报编辑委员会。当时文科各系的科研主要是围绕批判资产阶级唯心主义观点和实用主义哲学展开的。1955 年 4 月 14 日，中文系召开了相关内容的学术报告和学术讨论，报告论文共 29 篇。4 月 28 日，全院举行了学术报告会，中文系蒋祖怡、历史系张建甫和教育系王承绪等教授作了学术报告。7 月初，第一期学报人文科学版出版，陈立致发刊词，发表论文 11 篇。这一时期中文系的地方方言调查也受到了有关部门的重视，取得了良好的效果。同年 11 月 28 日，学校召开该学期第三次行政会议，讨论编制 1956 年的科学研究计划，提出今后要"有组织、有领导、有重点、有计划，结合教学，联系实际，以学术批判为武器，开展科学研究"的方针，并按照高等教育部颁布的《高等学校科学研究工作暂行规程》，规定今后科研工作的范围，包括进行一般性的理论和实践的研究，编写反映现代科学成就的教科书和专门著作，撰述对科学书刊的评论和批判，进行有关教学法的研究。1956 年 3 月 31 日，浙江师范学院举行第一次科学讨论。中文系参加了这次盛况空前的讨论会，夏承焘、任铭善、胡士莹等教授均提交了论文。

在师资培养方面，1952 年到 1953 年，学院制定"边教边学，教与学相结合，稳步前进"的培养方针，采取多种形式培养青年教师。由业务水平高、教学经验丰富的老教师指导已确定培养方向的助教，从事进修和具体教学实践工作，同时实施边教边学、选送进修等政策。夏承焘、姜亮夫、王焕镳、蒋祖怡等教授先后被评为优秀教师和学院教育先进工作者。在他们的引导下，一批年青教师迅速成长，成为中文系后来的学术中坚力量。

至 1958 年，浙江师范学院设有中文、外语、历史、教育、数学、物理、化学、生物、地理 9 个系和政治教育等专修班，有在校研究生、本科生、专科生、函授生和进修学员等共计 5638 人（其中研究生 5 人，本科生 3024 人，专科生 60 人，进修班学员 26 人，函授生 2523 人）。建校六年来，共培养毕业生 4000 余人，为国家科学文化教育事业的建设和发展作出了贡献，其中中文系的贡献是尤为巨大的。

九、杭州大学中文系（1958—1998）

1958年，浙江省委决定新筹办综合性的杭州大学。中文、新闻、历史、数学、物理、化学、生物是当时最早设立的7个系。学校规模为学生2000名，每年招生500名。校址设在杭州市文三街（原省委党校和省工农速成中学校址）。筹备工作由省委常委、省高校党委书记周荣鑫负责，著名数学家陈建功担任副校长，另一位副校长是中文系的著名作家林淡秋，左达任党委副书记。全校教职员工共130余人，教师主要来自浙江师范学院、浙江大学、浙

叶 克

江农业大学等校，工作人员分别来自省级机关、部队和浙江师范学院。中文系主任为叶克。

1958年12月，浙江省委决定浙江师范学院与杭州大学合并，校名定为"杭州大学"。两校合并后的杭州大学是以社会科学为中心、文理并举的新型综合性大学。省委要求除原有的11个系外，还要增设哲学、政治经济学2个系，并承担培养中学师资的任务。全校在校学生3603人，其中研究生5人，本科生3439人，专科生133人，中学教师进修班学员26人。教职工866人，其中教师439人。合并后的中文系第一主任为叶克，第二主任为姜亮夫。教师还有夏承焘、王焕镳、胡士莹、孙席珍、任铭善、胡永声、陆维钊等著名学者。

1960年兴起第二次"教育大革命"。在新的教学计划中，增加了政治课和生产劳动的比重，取消了心理学和教育学课程。中文系的课程制订也压缩专业课时间来安置新增课程。学校在办学方向上，提出"文科党校化"，文科基础理论课要以毛泽东著作和党的有关文件为基础教材。1960年7月，浙江省

委决定："杭州大学与省委党校合并（对外仍挂两块牌子），成为社会科学的大学，培养具有马克思列宁主义的基础知识，有一定实际工作经验和专业知识的干部及中等以上学校的师资。开设政治、经济、教育、中文、历史、外语、新闻、哲学、政治经济学等9个系（其中政治系设政法、政教2个专业，经济系设工业管理、人民公社、财政贸易等3个专业），并附设工农中学及理论训练班，发展规模为6000人，该校数学、物理、化学3个系划给杭州工学院，生物系划给浙江农业大学，地理系分别并入杭州师范学院及建德矿冶学院。"这一决定给学校工作带来了许多困难和问题，在学校师生的强烈要求下，省委决定保留杭州大学。

1961年至1962年，学校的性质、任务、系科专业设置和规模又进行了较大调整。中文、外语、数学等10个系14个专业保留。学制除政治、外语是四年外，其他均为五年。中文系各门课程重新制定了教学计划和教学大纲，并选编教科书和讲义，开设了不少新学科领域的选修课，如蒋祖怡的"文心雕龙"、任铭善的"中国汉语史"等。在继续教育方面，中文系函授专科改为本科，学制为五年。从1961年2月开始，中文同数学、物理、化学4个专业分别出版十六开本的《杭大函授》专业辅导刊物。《杭大函授》（语文版）1963年后改名为《语文进修》，到1966年上半年停刊为止，语文版共出25期。

20世纪八九十年代杭州大学校门

1961 年 7 月，中国科学院浙江分院语言文学研究室在杭州大学成立。次年 5 月，中国科学院浙江分院语言文学研究室因中科院浙江分院撤销，改名为杭州大学语言文学研究室。该研究室以中国古典文学和古汉语为研究方向。1962 年底，该室有研究人员 8 人（其中研究员 2 人，副研究员 1 人，研究实习员 5 人），行政管理人员 2 人。1962 年实际进行的研究课题共 15 项，当年完成 3 项。1962 年 1 月，中文系举办了工具书展览会。展览期间，参观者每天 300 余人次。1962 年 9 月始，学校组织了一系列专题学术报告会。论文有胡士莹《变文的体裁与特点》、夏承焘《词调的声音》、王焕镳《王安石政论文》、刘操南《楚国疆域形势及屈原放逐图说》、徐朔方《庄子在文学史上的评价》、盛静霞《辛弃疾词的艺术特色》、姜亮夫《语音文字初探》、任铭善《建国以来语言科学研究中的几个问题》、蒋礼鸿《训诂方法与古典文学教学》、吕漠野《谈新诗的欣赏与创作》、张仲浦《郭沫若历史剧的创作特色》、孙席珍《西洋文学的比较研究》和蒋祖怡《王充〈论衡〉的数篇问题》等。1960 年至 1962 年，茅盾、巴金、巴人等著名作家和文艺评论家曾来中文系讲学。1961 年到 1965 年间，中文系教师出版的学术著作主要有：姜亮夫《楚辞书目五种》，夏承焘《词源注》，夏承焘、盛静霞《唐宋词选》，徐朔方《汤显祖集（诗文）编年笺校》《牡丹亭校注》，胡士莹《吟风阁杂剧校注》，王焕镳《韩非子选》等。

其后，全国上下在以"阶级斗争为纲"和"反修防修"的指导下开展"四清运动"，师生离开校园参加"四清"工作，教学计划也被调整，课程削减。中文系等文科 4 个系参加农村"四清"运动之后，于 1965 年 7 月开始拟订教改方案，对中文系课程和学时做了调整：42 门课（其中选修课 21 门）减为 16 门（其中新增毛主席诗词、当前文艺问题、政论文及写作、语言和语言政策 4 门），总学时由 2903 学时减为 2035 学时。

1966 年，随着"文革"的开展，学校的教学科研基本处于停滞状态。《五·一六通知》和《关于无产阶级文化大革命的决定》发表，"文化大革命"全面发动，宁静的校园遭到破坏，中文系林淡秋、夏承焘教授等在所谓"林夏战役"中受到批判。根据当时全国教育工作会议精神，学校组织各系师生下乡下厂，到工农兵中去接受改造。中文系全体师生分别到诸暨、绍兴、桐庐和萧山的有关公社和大队，实行"开门办学"，在田园地头劳动教学。

尽管"十年动乱"冲击巨大，但是中文系师生依然没有放弃专业学习和研究，为其后的发展奠定了良好的基础。年长教授坚守自己的学术园地，年轻教师刻苦钻研，为未来的学术成就造就了坚实基础。而一批来自于工厂、农村和部队的学员也努力学习、刻苦锻炼，其中不少学员后来成长为杰出人才。

1976 年，"文化大革命"结束。1977 年 11 月，浙江省委决定杭州大学为综合性大学，任务是培养科学研究人员和各种专业人才，培养高中和大学的师资。

杭州大学

1978 年，省委"确定杭州大学为全省重点高等学校"。杭州大学中文系的教学科研工作得到迅速恢复与发展。中文系的本科教育在这一时期取得了可喜的成就。尤其是 77 级和 78 级学生，在校期间刻苦攻读，毕业后在许多重要岗位上作出了积极的贡献。中文系的专修科在这时得到恢复。恢复了函授教育，创办了夜大学，还举办了各种进修班和短训班。在校学生人数猛增。1974 年开始由教务处创办、1980 年转由中文系主办的

姜亮夫在 1977 级学生毕业纪念册上的题词

《语文战线》，于 1980 年 1 月将双月刊改为月刊，后又改名为《语文导报》，直到 1986 年停刊前，在学界具有广泛的影响。1982 年中文系增设新闻学专业，

1988 年新闻系专业独立成为杭州大学新闻系。1983 年 9 月，中文系恢复设立古典文献专业，其后又新设了汉语言文学教育专业。

1979 年 5 月，杭州大学中文系中国语言文学研究室恢复。1981 年 11 月，中文系入选国务院批准的全国首批博硕士学位授予点，其后硕士点覆盖中国古代文学、现代汉语、汉语史、中国现当代文学、中国古典文献学、文艺学、世界文学等学科，博士点有中国古典文献学、中国古代文学、汉语史等。各学科均衡发展，成为在学校具有举足轻重地位的系科。1995 年，中文系中国语言文学学科被批准为国家文科基础学科人才培养和科学研究基地。

1983 年，杭州大学古籍研究所成立，并成为教育部全国高等院校古籍整理研究工作委员会所属的全国二十四家古籍整理研究机构之一，首任所长为姜亮夫教授。1984 年被国务院学位委员会授权列为中国古典文献学博士点和硕士点。

杭州大学于 1996 年 9 月通过"211 工程"评审，标志着杭州大学成为面向 21 世纪国家重点建设的一百所大学之一。当时的杭州大学被视为全国同类院校之翘楚，杭州大学中文系的学科基础、师资力量、学术实力、人才培养等也均居于全国同类学科的领先地位。

1996 年，杭州大学"211 工程"预审会议闭幕式

1998 年 9 月，四校合并前夕杭州大学中文系教工在图书馆前合影

1998 年 9 月，杭州大学与原浙江大学、浙江农业大学和浙江医科大学合并，组建为新的浙江大学。杭州大学结束。

十、浙江大学中文系（1998—2020）

1998 年 9 月，新浙江大学宣告成立。时任中共中央总书记江泽民题词："办好浙江大学，为科教兴国作出更大贡献。"时任全国人大委员长李鹏题词："发扬优良校风，培养建国人才。"时任副总理李岚清参加了成立大会并发表讲话。

四校合并后，由原杭州大学中文系为主体组成了新的浙江大学中文系，系主任为吴秀明。原杭州大学校址更名为浙江大学西溪校区，中文系位于东一教学楼，2007 年迁至教学主楼，2019 年迁至紫金港校区西区。

中文系在新的平台上进入了全面发展的新阶段。1999 年 12 月，成立了文艺学研究所、

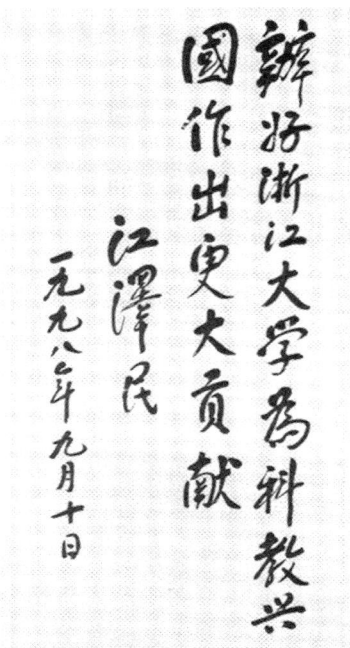

江泽民题词

汉语言研究所、中国古代文学与文化研究所、中国现当代文学与文化研究所、比较文学与世界文学研究所。1999年新增中国语言文学博士后流动站，2000年获得中国语言文学一级学科博士点。原杭州大学古籍研究所更名为浙江大学古籍研究所。中文系与古籍所同隶属于浙江大学人文学院，这在全国同类高校的中文学科中也属于特例，逐渐建立起学科会通、师生交融、学术各有侧重、发展携手并进的关系。以中文系教师为主体建立的省级重点研究基地有浙江文献集成编纂中心、宋学研究中心等，创办的学术刊物有《中文学术前沿》《汉语史学报》等。

今天的浙江大学中文系与古籍所合力，已发展成为居于全国同类学科第一方阵的优势学科。在古代文学、古代汉语和古典文献学诸领域，拥有一批学术界公认的老一代学者和新一代学术带头人，是处于国内领先地位的学科，在国际学术界也具有明显优势和较大影响。并且形成与文艺学、中国现当代文学、比较文学与世界文学等学科的良性互动，古今会通，中西兼融，取得了一批具有重大影响的标志性成果。形成以文献史料为基础，将文学与语言、传统与现代、文献与文物、文学与影像、编纂与研究融为一体的研究格局，并通过教材编撰与项目合作，落实到本科教学与人才培养上，形成并构建了一个多元立体的教学研究体系。

专业设置方面，2002年中文系增设编辑出版学专业，2004年原汉语言文学（影视文学方向）改为汉语言文学影视与动漫编导方向。2019年编辑出版学专业改为汉语言文学编辑出版学方向。目前，中文系设有汉语言文学、古典文献学两个专业，以及影视与动漫编导、编辑出版学两个方向，从而构成以"一体两翼"为主要特色的专业格局，即以汉语言文学为"体"，以"求是科学班""强基计划班""基地班"为"基础高端翼"，以"文学班""编辑出版学方向"和"影视与动漫编导方向"为"专业素质翼"。既重视强化基础、培养符合国家战略需求的高端人才，又注重应用创新和社会服务。

中文系和古籍所已经建成一支实力雄厚、具有较高学术水平的教学科研队

东一教学楼

教学主楼

伍。目前共有专任教师 62 人，其中教授 35 人，拥有教育部长江学者特聘教授、青年长江学者、教育部新世纪人才、国家级教学名师、国家级万人计划青年拔尖人才、浙江大学文科资深教授、求是特聘教授、文科领军人才等各项人才，以及一大批富有学术潜力和锐气的青年学者。

中文系和古籍所拥有国家级教学及科研平台 10 余个，包括国家级首批一流本科专业建设点，国家级文科基础学科人才培养与科学研究基地"汉语言文学"基地，国家级人才培养模式创新实验区"大中文"实验区，国家级特色专业"汉语言文学"专业，国家级基础学科拔尖人才培养 2.0"汉语言文学"基地，国家"强基计划"专业"汉语言文学专业（古文字学方向）"，国家级重点学科"中国古典文献学"学科，国家级人文社会科学重点研究基地"汉语史研究中心"，国家级重点推广基地语言文字推广基地，以及国家精品课程、国家精品在线开放课程、国家精品视频公开课程等。中文系成为浙江大学最受学生欢迎的热门系科之一，担负着传承与弘扬优秀文化、培养面向未来的人才的重要使命。古籍所成为浙江大学的一流强所和全国古籍整理与研究重镇。中国语言文学学科在全国第四轮学科评估中获得 A 的优秀等级，位居全国同类学科第一方阵。

回顾正式建系的百年历程，浙江大学中文系孕育集聚了大批名师硕儒，培养了无数英才，创造了精深的学术成果，建立了传承有序的学统，树立了谨严纯正的学风。这种学脉又通过一代又一代气质博雅、格局弘阔、富有人文精神的毕业生得以延伸和扩展。而站在下一个一百年的起点上，浙江大学中文系将以更加深沉广大、博雅专精的学术气象，继续奋进，勇立潮头。

浙江大学中文系百年历程

浙江大学中文系的历史，如果从 1897 年求是学堂开设国文课程算起，已经有 120 多年，即便从 1920 年之江大学创办国文系算起，也已经接近百年。百年间，浙江大学中文系经历了复杂的历史演变，期间的曲折过程，坎坷与辉煌，恐怕已经很少有人能够全面了解，但它们值得铭记。2011 年，浙江大学中文系曾出版三卷本《浙江大学中文系系史》，时任中文系主任吴秀明教授任总主编，分"总论卷""教师卷""校友卷"，由中文系吴笛、陶然、黄健三位教授分任各卷主编。其中吴笛教授主编的"总论卷"第一部分"百年扫描"，凡 4 万余字，全面描绘了浙江大学中文系的百年历程，具有珍贵的史料价值。现节选转载于中文系微信公众号，以飨读者。由于篇幅限制，文字有所删略，并分晚清民国篇、新时期篇两篇推出。另需注意的是，文中所提到的数据和资料等，截止时间为 2010 年。

第一部分　晚清民国篇

浙江大学中文系的发展，与浙江大学的发展历程基本上是同步的。1897 年，求是书院创立时，就开设国文课程。自 1920 年之江大学国文系成立和 1928 年国立浙江大学文理学院中国语文学门成立之后，浙江大学中文系更是努力奋进，为我国的教育事业以及我国中国语言文学学科的建设和发展，作出了重要的贡献。浙江大学中文系的发展，大致经历了开拓探索（1897—1952）、调整巩固（1952—1999）、全面发展（1999— ）三个阶段。

浙江大学中文系发展的第一阶段，即 1897 年 5 月至 1952 年 2 月的历史，是伴随着浙江大学的发展而发展的,更与当时的社会、政治、经济发展密不可分,这也从另一个角度折射出我国教育事业的发展。浙江大学中文系的形成主要由以下两条脉络汇聚而成。

其一是:

求是书院国文课→求是大学堂国文课→浙江高等学堂文科→第三中山大学文理学院→浙江大学文理学院→浙江大学文学院、理学院的部分和师范学院;

其二是:

育英书院→之江学堂→之江大学国文系→之江文理学院。

这两条脉络又同浙江俄文专科学校、浙江师范专科学院的相关学科一起构成浙江师范学院中文系,随后又发展成为杭州大学中文系。杭州大学中文系,就是现在浙江大学中文系的主体。

一、从求是书院、浙江高等学堂到浙江大学（1897—1952）

1895 年 8 月,汪康年、陈仲恕等人在浙江向各方奔走鼓吹,倡议创办新式学堂,取名"崇实"学堂,但遭到了浙江保守官绅的阻挠而终未成功。此举可谓求是书院创办的先声。1896 年新任杭州知府林启与提倡革新的士绅商讨新办新式学堂,后奏请巡抚廖寿丰,建议以被没收充公的普慈禅寺为校舍,开办新学堂。经廖寿丰批准名为求是书院,拨银两万两为办学经费,任命林启为总办,陆懋勋为监院,陈仲恕任文牍斋务,并于 1897 年农历正月开始筹办招生开学事宜。

求是书院于 1897 年 5 月 21 日正式开学上课。以"培养人才,讲求实学"为办学宗旨,学制为五年。浙江大学中文系最初的源头,便是 1897 年求是书院正式开办时所开设的国文课程以及相关的师资力量。书院开课伊始,便将国文课列为必修课之一。在教学方法上,国文课程也较为独特,该课程不是由教师一讲到底,而是强调学生自行研习,有疑才问,教师进行解答,"往往有上课一小时而教师未发一言的"。课后则要求学生温习汉文,"每日晚间及休沐之日，不定功课，应自浏览经古文并中外各种报纸。各随性情所近，志趣所向，讲求一切有用之书，将心得之处撰为日记、学习札记，定期交教习批改"。

书院第一届招收秀才 30 名，入学者膳宿和学费全免，并有三五元的津贴费。这一班学生称"内院生"，待遇最好，成绩优秀的还可以获得奖学金。第二年求是书院广招学额，分设内外两院，第一届原有学生为内院生，新招收的 60 名学生为外院生，其中秀才出身的有 20 人，资格虽与内院生相同，待遇远不及前者。1899 年开始，逐年招收的学生均不是秀才出身，称为"蒙生"，属于外院生的一种。

1901 年，求是书院改称"浙江求是大学堂"，次年又改称"浙江大学堂"，从此以后不再沿用"求是"之名。1903 年因北京成立了京师大学堂，遂将地方各学堂改称"高等学堂"。浙江大学堂由此更名为"浙江高等学堂"。

浙江高等学堂开始只办高等预科，1905 年规定在预科以外另设师范科和师范传习所。当时师范科和与师范传习所的招生对象，大多为年龄较大、国文程度较好、其他学科成绩较差而能速成师资的人。1908 年，浙江高等学堂预科第一班毕业，至此开设正科，正科生分设第一类（文科）与第二类（理科），第一类毕业升入大学文法等科，第二类毕业则升入大学理工等科。

这期间国文课教师有：宋恕、张相、马叙伦、蒋麟振、陈屺怀、魏仲车、杨敏曾、陈去病、沈士远、沈尹默、沈祖绵等。其中有不少是学界的重要人物，或是为学科的发展作出重要贡献的杰出人士。

浙江高等学堂维持至 1914 年 6 月停办后，1921 年 11 月，浙江省议会建议筹办杭州大学。12 月 30 日，省议会推举蔡元培、陈楑、蒋梦麟、陈大齐、阮性存、马寅初、郑宗海、何炳松、应时、汤兆丰等 10 人为杭州大学董事。次年 3 月，省长张载阳又列出了一个 22 人的董事会名单，送省议会审议。当年的浙江省教育经费预算列支 100 万元为杭州大学开办之用，勘定万松岭上的敷文书院一带为校址。之后由于浙江的政局长期动荡不定，杭州大学的筹备有名无实。

1927 年春，国民革命军北伐进入浙江，4 月，时任国民党中央政治会议浙江分会委员的蔡元培，提议创立浙江大学研究院，当即经国民党中央政治会议浙江分会决议通过。5月，浙江省政务委员会第十五次会议通过设立浙江大学研究院计划案，并决议拨 15 万元作为开办费用，聘请张人杰、李石曾、蔡元培、马叙伦、邵元冲、蒋梦麟、胡适、陈世璋、邵裴子 9 人为筹备委员，以高等学堂、陆军小学堂旧址、文澜阁旧址、罗苑为浙江大学研究院院舍。无奈研究院规模宏大，需费甚多，筹备委员会决定研究院暂缓设立，先筹办大学。国民党中央政治会议因此通过了《大学区组织条件》草案和浙江省试办大学区制的决定，将杭州各高等院校合并，改称"国立第三中山大学"。蒋梦麟出任校长，设工、农两学院。

1927 年 8 月 1 日，聘请邵裴子为大学文理学院筹备委员，筹办文理学院。1928 年 4 月 1 日，国立第三中山大学改称"浙江大学"，同年 7 月 1 日起冠以"国立"两字，称"国立浙江大学"。同年 8 月，文理学院成立，聘邵裴子为院长，于秋季开始招生。院址设高等学堂于陆军小学堂旧址。

1928 年 8 月，浙江大学文理学院成立之初，本科设中国语文、外国语文、哲学、数学、物理、化学、心理、史学与政治、体育、军事十个学门，另设医药预备科。中国语文学门同年成立时，刘大白为主任，钟敬文为助教。

刘大白是提倡新文化运动的主将之一，他与胡适等人不遗余力地提倡白话写作，并致力于新白话诗的创作，为新文化运动的发展作出了可贵的贡献。1928 年由上海开明书店出版的他的著作《旧诗新话》，后由蒋梦麟作序，在学界具有广泛的影响。

1929 年 9 月，文理学院将中文、外文、史学与政治、数学、物理、化学六主科学门改称"学系"，增设生物、心理、经济、教育四学系。中国语文学门改称"中国语文学系"。1930 年因历年预算不能实现，中国语文学系被停办，该系学生被转送至北京大学及南京中央大学借读。而外国语文学系直至全面抗日战争前夕一直在文理学院开办。

浙江大学文理学院自创办至抗日战争全面爆发前夕，历任的正副教授主要有：梅光迪、郭斌龢、陈逵、陈嘉、林天兰等，他们对文理学院的创办和前期建设，做出了许多成绩。作为文理学院的创办人和第一任院长的邵裴子，在办学中，积极贯彻蔡元培"民主办学、教授治校"精神，主张"学者办学、舆论公开"，卓有成效。他在任期间，极其重视师资质量，精心网罗人才，增添图书设备，聘请国内知名学者来校任教……无奈能胜任文科教学的人才少之又少，而他又不愿意降格聘请，遂决定将中国语文学系停办或者转为学门。

1937年抗日战争全面爆发后，浙大于9月10日照常在杭州开学。与此同时，学校积极筹划西迁。因此当年暑期招收的一年级学生，连同任课教师约300人，全部到浙西於潜西天目山麓的禅源寺办学。1937年11月5日，杭州危急，浙大才决定正式搬迁。浙大分四次逐步向大两南搬迁。第一个迁徙点是浙西富春江上游建德县城（梅城）。师生员工及图书仪器于1937年11月15日全部达到，17日即复校上课。同时在西天目山分校的师生也于12月9日搬至梅城复课。

12月24日杭州沦陷，日军继续南下，建德城内警报日多。学校事先在江西吉安找好了临时校舍，大批仪器、图书先期西运，全校师生、家眷于12月24日晚起，有计划地分批撤离建德。到1938年1月21日最后一批人员也安全抵达了吉安，次日，学校全面复课，三周后举行考试。浙江大学原有中国语文学门添设为系，酝酿第二次迁移。

1938年7月，敌军侵占九江，学校被迫作第三次大迁徙，循水陆两路迁至广西宜山，奉教育部令添设中国文学系，农学院设农业化学系。8月，增设师范学院，设教育、国文、史地、英语、数学、理化六学系。文理学院中国文学系和师范学院国文系正式招生。10月于广西宜山文庙，文理学院中国文学系和师范学院国文系两系师生成立中国文学会，以"弘扬国故、探讨新知"为宗旨。当时校长为竺可桢教授，文理学院院长为胡刚复教授，师范学院院长为王琎教授，中国文学系主任兼国文系主任为郭斌龢教授。郭斌龢（1900—1987），是我国著名语文学家，"学衡派"的重要代表。文理学院中国文学系和师范学院国文系成立之际，系主任郭斌龢教授将《国立浙江大学文理学院中国文学系课程草案》印发宣读，并作了讲解。主要内容如下：

　　大学课程，各校不同；而中国文学系尤无准的。或尚考核，或崇词章，或以文字、声韵为宗，或以目录、校勘为重。譬如耳目口鼻，皆有所明，不能相通；一偏之弊，殆弗能免。昔姚姬传谓：学问之途有三，曰义理，曰考据，曰词章。必以义理为主，然后考据有所附，词章有所归，世以为通论。而学问之要，尤在致用。本学术发为事功，先润身而后及物。所得内圣外王之道，乃中国文化之精髓。旷观史册，凡足为中国文化之典型人物者，莫不修养深厚，华实兼茂；而非畸形之成就。故中国文学系课程，不可偏重一端，必求多方面之发展。使承学之士，深明吾国文化之本原，学术之精义。考核之功，足以助其研讨；词章之美，可以发其情思；又须旁通西文，研治欧西之哲学、文艺，为他山攻错之助。庶几识见闳通，志节高卓。不笃旧以自封，不骛新而忘本。法前修之善，而自发新知；存中国之长，而兼明西学。治考据能有通识；美文采不病浮华。治事教人，明体达用。为能改善社会，转移风气之人才，是则最高之祈向已。

前排左一为郭斌龢，1931年摄于英国牛津大学

　　1939年8月，文理学院分立为文学院和理学院，文学院院长为梅光迪教授。梅光迪（1890—1945），安徽宣城人，著名外国文学专家。1911年赴美留

学，先在西北大学，后到哈佛大学专攻文学。1920年回国任南开大学英文系主任。1921年任东南大学洋文系主任。创办《学衡》杂志。1924年去美国讲学。1927年回国后任中央大学（原东南大学）代理文学院院长。后又去美国哈佛大学工作。1936年任浙江大学文理学院副院长兼外国文学系主任。1939年文理学院分开，任文学院院长。1945年在贵阳去世。

1945年12月，梅光迪教授逝世后，文学院院长由张其昀继任。张其昀（1900—1985），浙江宁波人，历史学家，是中国现代人文地理学的开创人。

文学院设有国文、外文、教育、史地等系。中国文学系隶属文学院，郭斌龢教授为文学院中国文学系兼外国文学系与师范学院国文系主任。

1939年11月26日南宁失陷，学校被迫第四次迁徙，前往贵州遵义。广大师生员工陆续于12月20日后分批撤离宜山，最终安抵遵义。学校在

张其昀

遵义的老城和新城共租房18处，1940年2月在遵义东面的湄潭扩充校址。将文学院和师范学院的文科设在遵义，理学院等设在湄潭。一年级暂时安置在贵阳以南数十里的青岩镇，一学期之后，在1940年秋迁至湄潭的永兴场（离湄潭约15公里）上课。自此直至抗日战争结束搬回杭州，浙大在贵州办学长达七年之久。

鉴于西迁后交通或经济等原因，浙大曾于1939年1月间向教育部要求在浙东开设大学先修班。4月，教育部复电同意在浙赣闽之间设立分校。1939年4月至7月间，浙大在浙江龙泉县坊下村建立了浙东分校（后改名龙泉分校）。龙泉分校先后设立文、理、工、农、师范5个学院，设有国文系，师范学院设有五年制的国文系和国文专修科。这时中国文学系和国文系有教师任铭善、陆维钊、王季思、夏承焘、胡伦清、徐声越、孙养癯、郭莽西、胡不归等多人。在宜山时，尚有刘永济教授、陈大慈讲师。国学大师马一浮则在全校讲学一

年（1938年4月—1939年4月），后去四川乐山创办"复性书院"。其他的有夏定域、詹瑛、萧璋、戴名扬、张仲浦、李菊田等先生。

据浙大文学院40年代毕业生杨志彬回忆，当时读中文系，不仅要重点学习中文的古今名著、经史子集、中国文学史等课程，以掌握专业知识，还必须学习哲学概论、中国通史、西洋通史、政治经济学、教育学、心理学、生物学、西洋文学，等等，以开阔眼界，丰富知识，使专业有广博而坚实的基础。中文系教授缪彦威、王驾吾、萧璋、祝文白等人教古代散文、古代汉语、诗经、楚辞、唐诗、宋词、艺术欣赏等，教学效果显著。特别是缪彦威教

马一浮

授上诗词课时，讲解精炼透辟，文情交融、生动自然，极其引人入胜。不仅中文系的同学聚精会神，听得津津有味，还有不少其他院系的同学也来选课或旁听，教室常为之满。除了上课，还经常举办一些学术政治活动和讲座，如王阳明的学说与爱国精神，纪念徐霞客逝世三百周年学术讨论，讲述苏、辛词的时代背景，以及结合时事做形势分析报告等等，莫不内容丰富，说理透辟，论据确凿，是非分明，听了增人见识，扩人胸襟，使学生看到前途光明，更加强了抗战必胜的信心。

"黑白文艺社"是当时学校里的学生进步社团组织，第二任社长是中文系二年级学生何友谅。何友谅在1942年被捕后，牺牲于国民党反动派的监狱中。

从1928年创办文理学院以来，浙江大学先后创办了许多学术性刊物，发表了数量众多的很有学术价值的论著。其中中国文学系的诸多教授对此作出了很大贡献。于1940年9月创刊于贵州遵义的《国立浙江大学师范学院院刊》，由院刊编辑委员会编辑及发行，郭斌龢、梅光迪等中国文学系教授任编委。本刊内容反映师范学院文、理各系的学术研究成果。于1942年6月在遵义创刊的《国立浙江大学文学院集刊》由集刊编辑委员会编辑及发行，文学院中国文

学系主任郭斌龢任编委员主席，梅光迪、张荫麟等为编委。张荫麟去世后，增补谭其骧为编委。到 1944 年 8 月为止，共出版了 4 集。《思想与时代》于 1941 年 8 月 1 日在贵州遵义创刊，思想与时代社编辑及出版，月刊，铅印 16 开，每期 18 页左右。文学是本刊的重要内容之一。本刊所追求的目标是"科学时代的人文主义"。为本刊撰稿的有郭斌龢、张荫麟、夏承焘、钱穆等，以及其他大学的教授朱光潜、冯友兰等。浙江大学著名教授张荫麟和梅光迪去世后，本刊出版了《张荫麟先生纪念专号》（第 18 期）和《梅迪生先生纪念专号》（第 46 期）。另外，还由中正书局出版和发行的《思想与时代丛刊》5 种，有贺麟等著的《儒家思想新论》等。本刊在全国有较大的影响，在遵义时期，重庆和桂林设有总代售处；在杭州时期，除杭州外，在北平、南京、上海、成都、长沙和广东梅县均有代售处。

抗战胜利后，1945 年 10 月至 1946 年 9 月，龙泉分校和贵州总校师生全部回杭复课，此时文学院有国文、外文、史地、教育、哲学、人类学 6 个系及国文、史地两个研究所，师范学院有教育、国文、史地、英语、数学、理化 6 个系及国文、数学 2 个专修科，文学院共有 334 人，师范学院有 106 人。

1949 年 5 月 3 日，杭州解放。6 月 8 日，根据军代表发出的接管的第一号通告，文学院、法学院及师范学院接管组长为许良英（许不在校时由李文铸代理），干事陈乐素、陈建耕、张复文。接管后的浙江大学设文、理、工、农、医、法 6 个学院，文学院院长为孟宪承。

孟宪承（1894—1967），中国现代著名的教育学家，江苏武进人，毕业于美国华盛顿大学，1929 年起至 1933 年在浙江大学任教。1933 年，在杭州创办民众实验学校，研究和推广民众教育。抗战期间，先后在浙江大学（1938—1941）和湖南国立师范学院任教。抗战胜利后重返浙江大学任教（1946—

孟宪承

126

1951），兼任文学院院长。1949 年杭州解放，军管会委派孟宪承为浙江大学校务委员会常务委员，参与主持浙江大学校务。

文学院设中文、外文、教育、人类 4 个系，原有的法律、哲学两个系及史地系的历史组暂停授课，学生皆转院、转系或转学。在对教学改革问题上，文、理两院师生讨论尤为活跃，讨论中对教育方法、课程设置、教学方法等提出了改革意见。

二、从育英书院到之江大学（1897—1952）

之江大学的前身为育英书院。1867 年，以培养中国基督徒为办学宗旨的崇信义塾迁至杭州，并改名为"育英义塾"。校址初设于皮市巷，两年后迁至大塔儿巷。1897 年学校改名为"育英书院"，分设正科和预科。正科相当于大学，学制 6 年，设置英文、化学两个专科；预科相当于中学，学制 5 年。

1908 年，从当年育英书院（后为之江大学）新校园远眺六和塔和钱塘江

校长为美国长老会传教士裘德生牧师，教务长为中国人萧芝禧。1903 年育英书院正科学制由 6 年改为 5 年，预科改为附属中学，学制改为 4 年。1906 年 11 月，第一次校董会决议将书院扩充为大学，校址定在六和塔秦望山二龙头一带。1908 年初开始建设，历时数年，次第竣工。经过三年规划经营，主要建筑如教学大楼、宿舍、图书馆、实验室先后落成，该处三面环山，面临钱塘江，又当六和塔西侧，地势开阔，江山如画，学校占地面积 300 余亩。1911 年，育英书院迁入新校舍，因钱塘江流经其下，曲折成"之"字形，故更名为"之江学堂"。此时由美国传教士王令赓为校长，学生增加 140 人。1912 年孙中山先生曾到校讲话，并同师生合影留念。

1914 年之江学堂改名为"之江大学"。除学生人数增加至 140 人外，其余一概沿袭旧制。1920 年 3 月，之江大学校董会派人赶赴美国同长老会商讨办学方针，取得毕业生学士学位授予权，使之江大学成为一所完全大学。11 月，之江大学获得美国哥伦比亚特区立案，从此实行新学制，分文理两科，文科设有国文系。之江大学国文系的创办在浙江大学中文系的历史上具有重要意义。

1922 年 6 月 17 日，学校举行毕业生授予学位典礼，第一次颁发了学士学位，而且，学校还首次引进西方式的学位帽和礼服。最早获得之江大学文学士学位的是顾敦鍒和周志新。

1920 年至 1925 年间，之江大学稳步发展，前来之江大学求学的学生逐年增加。此时，国民革命军出师北伐，并于 1927 年 2 月攻占杭州，学校一度陷于战火之中。由于政治、经济方面的原因，校董会于 1928 年 7 月 5 日决议学校暂时停办，所有学生转至其他学校继续求学。

之江大学停办多年以后，江浙局势渐稳，之江同学会于 1929 年春发起复校运动。5 月底校董会召开会议决定当年秋季复校。1929 年 9 月 14 日，之江大学正式复校，由于当时的校长朱经农未到任，所以聘李培恩为副校长，代理校长职务。1931 年春，朱经农因任职教育部次长，辞去校长职务，校董会聘李培恩为校长，聘孔祥熙为名誉董事长，并制定了新的学校组织大纲，设文、理两院，文学院分中国语文、英文学、政治学、经济学、教育学、哲学等系。这一年校董会曾以之江文理学院名义向教育部申请立案，并按教育部规定，设文、理、商、建筑 4 个院，设国文、英文、政治、经济、教育、哲学、化学、生物、物理、土木 10 个系，宗教课改为哲学课，另增设党义和军训课，开始男女兼收。学生增至 313 人，教职员 44 人。这一年，又添建东、西膳厅两座，同学会发起募捐兴建图书馆。

1932 年，由美国南长老会传教士明思德为校长，这年学生增至 597 人，教职员 70 人，开设课程 89 门，图书馆与科学馆先后落成，学校试行导师制，谋求"训教合一"。这期间国文系主要教师有钟钟山、徐昂、李笠、夏承焘、胡才甫等，其中颇多知名之士。

这一时期，学生社团组织的发展也颇为迅速，有中国文学会、之江诗社、之江西剧社、提琴社、口琴社、蓓蕾摄影社等。

抗战时期，由于政局不定，资金有限，学校也无力搬迁，不得不于1937年12月6日决定学期提前结束，师生遣散。李培恩院长准备去上海租界复校。1938年2月17日，之江大学在上海租界博物院路广学会大楼开学，开设课程66种，教职员28人，新老学生182人，并与当时在上海租界的美国教会大学沪江、圣约翰、东吴、金陵、金陵女大等实行6校合作，学生可以互选课程。同年暑假，为闻声来沪的老生150余人开办8周的补习班，以补足上学期所缺课程。1938年秋季开学后，之江既因校舍不敷应用，又为了便于与其他5校合作，遂迁入南京路慈淑大楼办公、上课。内地老生陆续来沪复学，至1939年秋季开学时学生增至642人，教职员有78人，开课达150余种。

1940年起，之江大学将原来的文、理学院改组为文、商、工三学院，文学院设有中国文学、英国文学、政治、教育等系。文学院的著名教授主要有谭天凯、林汉达、韦愨、夏承焘、马叙伦、王遽常、徐昂、曹未风等。

在艰难的岁月里，之江大学国文系的师生依然积极探索，培养出了一批优秀的人才，其中包括以翻译莎士比亚戏剧而闻名的著名翻译家朱生豪。

抗日战争胜利后，之江大学先在上海复校，并招收一批新生入学，再次设立了文学院，并增设了新闻系。1946年春季，之江大学终于在杭州复校，结束了8年的流亡生活。1948年7月，国民政府教育部正式核准之江大学为包括文、工、商3个学院的综合性大学，设有国文系，代理文学院院长的是顾敦鍒。

文学院的教授如王裕凯、胡士莹、王季思、佘坤珊、何翘森、慎微之等都是著名的本国教授。

1949年5月3日，杭州解放，之江师生欢欣鼓舞。1950年，校董会推选黎照寰为校长，周正为副校长，并成立抗美援朝委员会，之大不接受任何外国经费，美籍教师回国。

新中国成立后的之江大学对校系机构又进行了改革和调整，文学院改为文理学院，周正兼院长，其中设有中国文学系，王焕镳为系主任；外国文学系，黎照寰兼任系主任。到 1951 年底，之江大学文理学院有中国文学、外国文学、教育学、政治学、数理学 5 个系，专任教师 26 人，兼任教师 5 人，在校学生 64 人。

1952 年夏，全国高等院校调整院系，之江大学建筑工程系并入上海同济大学，商学院工商管理财经系并入上海财经学院，工程学院各系并入浙江大学；文学院各系及部分数理化学系进入浙江师范学院。从而结束了之江大学发展的历史。

之江大学所在地在浙江大学中文系的发展过程中尤为重要，它不仅为之江大学国文系所在地，也为经院系调整后的浙江师范学院中文系所在地。

2006 年，之江大学旧址被列为全国重点文物保护单位

第二部分　新时期篇

一、步入新时期

1976 年 10 月，国家进入了新的历史时期。1977 年 11 月 6 日，省委发文 157 号明确杭州大学为综合性大学，任务是培养科学研究人员和各种专业人才，培养高中和大学的师资。1978 年，省委 51 号文件进而明确规定："根据国务院

1981 年，郑择魁在北京周建人家

办好全国重点高等学校的指示精神，确定杭州大学为全省重点高等学校。"

1978 年开始，学校着手进行系科、专业的调整和建设。到了 20 世纪 80 年代初，中文系教师中的教授有姜亮夫、夏承焘、王驾吾、孙席珍、徐步奎、蒋礼鸿等多人，副教授有王林祥、王维贤、吕漠野、刘操南、吴熊和等 10 多人。各个学科也都初具规模。

古典文学教研室的教师有王驾吾、夏承焘、徐步奎、刘操南、吴熊和、蔡义江、孔镜清、平慧善、朱宏达、陆坚、邵海清、洪克夷、雪克、伍方南。徐步奎担任教研室主任，洪克夷、朱宏达担任教研室副主任。

语言教研室有蒋礼鸿、王维贤、祝鸿熹、倪宝元、郭在贻、刘云泉、杨一冰、张金泉、倪立民、程怀友、傅国通、童致和、曾华强、魏国珍、黄金贵。王维贤担任教研室主任，傅国通担任教研室副主任。

现代文学教研室有王荣初、吕漠野、张仲甫、丁茂远、王国柱、何寅泰、沈绍镛、张颂南、张黛芬、陈坚、袁丰俊、吴秀明。何寅泰担任教研室主任，陈坚担任教研室副主任。

文艺理论教研室有蒋祖怡、王林祥、戈铮、朱克玲、庄肖荣、李寿福、韩泉欣、蔡良骧、潘文煊、李遵进。庄肖荣担任教研室主任，蔡良骧担任教研室副主任。

写作教研室有孙席珍、王养兴、吕洪年、汤洵、余苴、张春林、陈为良、林士明、陶剑平、李孝华。陈为良担任教研室主任，余荩担任教研室副主任。

外国文学教研室有汪飞白、丁子春、任明耀、华宇清、毛信德。汪飞白担任教研室主任，华宇清担任教研室副主任。

公共语文教研室有王欣荣、卢曼云、邬武跃、刘一新、李达三、张大芝、张光昌、周清朋、赵明政、秦亢宗。张大芝担任教研室主任，邬武跃担任教研室副主任。

中国语言文学研究室的研究人员有：姜亮夫、沈文倬、陈元恺、郑择魁、钱文斌、毛雪、吴薇。姜亮夫、郑择魁担任研究室负责人。

汉语大辞典编写组有周维德、雪克、童致和、曾华强、何明春。曾华强担任编写组组长。

《语文战线》编辑部有张春林、俞月亭、袁丰俊、徐贤德、钟仲南。袁丰俊担任编辑部副主编。

办公室有戈铮、卢兴仁、周志龙、郑安宁、赵士华、赵延芳。卢兴仁担任办公室主任，戈铮、周志龙担任办公室副主任。

资料室有丁兴珍、王素仙、刘文奕、李宪国、陈梅芳、潘淑琼，潘淑琼为负责人。

自1981年以后，中文系又取得了较大进展，增设古典文献专业，并陆续获得博士、硕士学位授予权。1981年11月，国务院批准了全国首批博士、硕士学位授予单位和学科、专业及指导老师名单。杭大有权授予硕士学位的学科、专业21个，有权授予博士学位的学科、专业2个及指导教师3名。中文系这批有权授予硕士学位的专业分别是中国古代文学、中国文学批评史、现代汉语、汉语史。1984年1月，在国务院批准的第二批名单中，杭大中文系新增的有权授予硕士学位的专业有中国现当代文学和中国古典文献学，后者还有权授予博士学位。1986年7月，中文系新增文艺学硕士点和中国古代文学、汉语史博士点，1990年，中文系新增世界文学专业硕士点。

杭州大学从1983年开始进入了快速发展时期。教学、科研、对外交流、师资队伍和校园建设等各项工作都取得了有史以来最好的成就。加强学科建设、深化教学改革，杭州大学多次被评为先进单位和优秀学校。到了四校合并前的1998年，中文系是具有重要地位的学校直属单位。

中文系在这一时期取得了突破性的进展，本科专业有汉语言文学、古典文献和汉语言文学教育三个专业。硕士点有中国古代文学、现代汉语、汉语史、中国现当代文学、中国古典文献学、文艺学、世界文学等。博士点有中国古典文献学、中国古代文学、汉语史等。

新时期增设的科学研究机构中，中文系增加了古籍研究所和中国文学研究所，科研能力大大增强。

中文系这一时期成绩突出。1991年2月6日，成立杭州大学语言文字工作委员会。1995年，经国家教委批准，中文系的中国语言文学和历史系的历史学两个学科被批准为国家文科基础学科人才培养和科学研究基地。

1996年9月，杭州大学顺利通过"211工程"评审，标志着杭州大学成为面向21世纪国家重点建设的一百所大学之一。这既为百年学府长期奋斗画上了一个圆满的句点，也为接下来的新世纪书写了美好的新一页。

二、四校合并与新浙江大学中文系

1998年，对于刚刚走完百年历程的浙江大学来说，又是重要的一年。1998年9月，这所国家教育部直属的全国重点大学，由同根同源的原浙江大学、杭州大学、浙江农业大学和浙江医科大学四所高校合并组建而成，成为目前中国规模最大、学科覆盖面最广的综合性大学之一。

1998年9月15日，新浙江大学宣告成立，江泽民总书记、李鹏委员长为新成立的浙江大学题词。江泽民的题词是："办好浙江大学，为科教兴国作出更大贡献。"李鹏的题词是："发扬优良校风，培养建国人才。"时任中共中央政治局常委、国务院副总理李岚清应邀出席了成立大会并发表重要讲话。

新浙江大学成立数月之后，1999年3月，著名作家金庸任浙江大学人文学院院长，廖可斌任常务副院长，张梦新任学院党委书记。9月，吴秀明任中文系主任。

1998年后的浙江大学中文系，是由杭州大学中文系为主体而发展的。1986年，合并前的原浙江大学也曾创建了中文系，骆寒超、陈志明、徐岱等先后担任中文系主任，经过一段时间的建设，也有长足的发展。新的浙江大学成立之后，它改名为浙江大学国际文化学系，隶属于新成立的浙江大学人文学院单独建制并发展；2007年，又与新闻系一起从人文学院分离出来，单独成立一个新的传媒与国际文化学院。它的有关情况，主要拟由传媒与国际文化学院介绍，为避免重复，这里暂付阙如。

四校合并以后，浙江大学中文系进入自身全面发展的新的时期。自1998年以来，浙江大学中文系秉承老一辈的传统，经过几代学者的努力，它在各方面都有了较大的拓展，形成了良好的发展态势。如今的中文系，尽管存在这样那样的问题和不足，但从整体来看，师资力量雄厚，学科优势明显，在国内外享有较高的声誉。尤其值得一提的是，20世纪90年代以来，一批涵盖各学科、梯队齐整、实力强劲的中青年学者脱颖而出，他们在教学和科研各方面所取得的成就，已引起了同行的广泛关注和好评，他们或他们的成果曾获国家级教学成果奖2项，国家级精品课程1门，国家级特色专业、国家级创新实验区、国家级教学团队各1个。他们中有6人被评为或入选国家有突出贡献的中青年专家或国家百千万人才工程，有5人被评为浙江省特级专家或有突出贡献的中青年专家，有10余人入选浙江省151人才工程，有1人获国家级教学名师奖，有2人被评为浙江大学求是特聘学者等。

中文系学风纯正，学术研究成果丰硕。近些年来，共承担国家社会科学基金研究项目（包括重大、重点项目）、教育部人文社会科学研究项目、浙江省哲学社会科学基金及其他有关项目100多项；发表学术论文1000余篇，其中刊发在《中国社会科学》《文学评论》《中国语文》《外国文学评论》等国家权威学术刊物上100多篇，出版学术专著几百部，获省部级以上科研奖上百项。

目前，中文系已发展成为学科齐全、特色鲜明的一个系。设有汉语言文学、古典文献学、编辑出版学3个本科专业和1个影视与动漫编导方向，有中国语言文学一级学科博士点以及文艺学、中国古代文学、中国现当代文学、比较文学与世界文学、语言学及应用语言学、汉语言文字学、中国古典文献学等7个二级学科博士点，并设有中国语言文学博士后流动站。中文系是国家教育部批准设立的首批国家文科基础学科人才培养与科学研究基地，1998年全国文科基地评估时被评为优秀基地，其汉语史研究中心为教育部确定的人文社会科学重点研究基地，文艺学、中国古代文学、中国现当代文学、汉语言文字学等4个学科为浙江省重点学科，其中古典文献学为国家重点学科（2007年）。

中文系现有教授31名、博士生导师31名、副教授10余名。据不完全统计，已培养学生近万人，他们在祖国建设的各个工作岗位上都卓有成绩。近些年来，中文系注重加强与国外的学术交流，先后应邀派出30多位教师到十几个国家与地区交流，与一些国外大学建立了良好的合作关系。

作为一个教学科研基地，浙江大学中文系在发扬求是学术传统的同时，坚持创新，与时俱进，其教学科研水平得到了学术界、教育界的好评。

三、四校合并后中文系的学科建设和科研发展

在学科建设方面，1999年12月，学校发文成立了5个首批校级研究所：文艺学研究所、汉语言研究所、中国古代文学与文化研究所、中国现当代文学与文化研究所、世界文学与比较文学研究所，徐岱、方一新、沈松勤、吴秀明、吴笛担任所长。各研究所都是由原有的教研室或研究机构过渡而来的，如世界文学与比较文学研究所便是在原杭州大学外国诗歌研究室和杭州大学外国文学教研室基础之上组建的。由原先的教研室等教研机构向现在的研究所这一科研机构的过渡，对新时期的浙江大学中文系的发展而言，具有重要的作用。

新时期中文系利用"基地"在"三古"即古代文学、古代汉语、古典文献学等学科深厚的学术实力和传统，以整齐的学术梯队为基础，以完善的激励机

制为手段，有效地巩固了传统学术、优势学科，同时也很好地发展了其他学科。1999 年新增了中国语言文学博士后流动站，2000 年中文上升为一级学科博士点。同年汉语史研究中心经教育部专家实地考察，其作为第三批申报机构于 11 月 17 日顺利通过国家教育部的评审，成为浙江大学第二个国家教育部人文社科重点研究基地。这标志着以中古近代汉语和训诂学为特色的汉语史研究，在历经姜亮夫、蒋礼鸿等老一辈学者的传承之后，自 1998 年结合了原杭州大学等四校从事汉语研究的力量以来，中文传统优势学科建立的新的里程碑。汉语史研究中心被批准为教育部人文社科重点研究基地，同时也意味着中文系建立了基地学科建设与发展的新平台，奠定了"基地"在全国学科中的强势地位。

学校方面也制定了一系列相关政策，给予大力支持。在 2001—2005 年学科建设和事业发展规划中，决定在人文社会科学领域内实施"强所"建设计划。该计划分 A、B 两类。具体建设标准是：A 类"强所"为已经列入教育部人文社科重点研究基地的研究机构，按照教育部相关文件规定的标准和要求进行建设和管理。B 类"强所"为校内重点建设的研究机构。

经过严格的审核和实地考察，中文系的汉语史研究中心成为 A 类"强所"机构（教育部重点研究基地），中国古代文学与文献研究中心成为 B 类机构。"强所"计划的实施，使中文系的发展在承接了以研究所为单位的基本研究格局下，取得了学校和社会各界的认可。

正是出于这种认可，中文系的二级学科取得了可喜的发展。至 2010 年止，已有 1 个国家重点学科古典文献学和 4 个省重点学科——文艺学、中国古代文学、中国现当代文学、汉语言文字学。

2002 年，为集中展示浙江大学人文社会科学研究的实力，激励优秀学术成果的出版，学校与商务印书馆合作，通过作者申报、校外专家的匿名评审、评审委员会投票表决等程序，推出了"浙江大学学术精品文丛"。夏承焘的《唐宋词人年谱》、吴熊和的《唐宋词通论》、廖可斌的《明代文学复古运动研究》、徐朔方的《晚期曲家年谱》、王元骧的《审美反映与艺术创造》等著作入选。

中文系在出版学术成果、搭建学术平台方面也作了积极的探索。2007年10月，《浙江大学中文系教师学术论文选》由浙江大学出版社出版，共上、下两册，109万字。2008年，中文系组织编辑的一套涵盖语言与文学各学科、近40部左右规模的中文系教师学术著作系列丛书《钱塘新潮文丛》，陆续在中国社会科学出版社和中华书局出版，2009年内已经出版6部。2010年，还创办了学术刊物《中文学术前沿》。这些以中文系组织出版的学术成果，面世后受到学界的广泛关注。

进入21世纪以后，中文系科研立项逐年增加。在国家社会科学基金项目和教育部人文社科研究项目等重要科研项目的立项方面，取得了突出的成就。如2011年就有9项课题获国家社会科学基金立项，其中"中国当代文学文献史料问题研究"（吴秀明主持）和"外国文学经典生成与传播研究"（吴笛主持）、"东汉佛经译者语言特点比较研究"（方一新主持）还被列为国家社会科学基金重点项目。

我们相信，随着社会文化环境的改变，在中文系师生的共同努力下，未来的中文学科必将会有更好的发展。

四、四校合并后中文系的对外交流和合作

新时期的浙江大学中文系，在教学和科研不断得到发展的同时，也在对外交流和合作方面取得了可喜的成就。

中文系的教师大多具有到美国、英国、法国、德国、俄罗斯、日本、韩国等国家以及中国台

2006年5月，中文系部分教师在台湾大学访问

湾、香港等地区进行学术交流或参加学术研讨会的经历。而且，还自己主办一系列具有重要影响的国际学术研讨会，如2001年，中文系就召开了"中古汉语国际学术研讨会""明代文学国际学术研讨会"等多次国际学术会议。

其他如"姜亮夫、蒋礼鸿、郭在贻先生纪念会暨汉语史、敦煌学国际学术研讨会"（2002年5月）、"中国现当代历史题材创作国际学术研讨会"（2003年10月）、"庆祝沈文倬先生九十华诞暨礼学与中国传统文化国际研讨会"（2006年6月）、"百年中国文学与中国形象国际学术研讨会"（2010年5月）、"世界文学经典与跨文化沟通国际学术研讨会"（2010年11月）等。

2002年7月，中文系部分教师在新加坡国际机场合影

这些重要学术会议的召开，对中文系的影响是显见的。

首先，从各学科的内部发展角度上来看，每次会议的召开都是面向全世界展示浙江大学中文系学科发展成果的一次机会。通过会议的召开以及和相关领域专家的交流和合作，各个学科能够清楚地为学科发展"把脉"。并且利用交流契机，吸收和引进国内外先进的理论，为学科的不断向前发展提供了新的装备，拓宽了视野。而且，从会议的相关成果上来看，各个会议在会议期间发表的学术论文都成为了各自学科发展上的一笔重要财富。同时，会议的召开能够把各自学科当中当前的理论热点集中起来讨论，为各位专家和教授利用自身优势解决综合问题提供了"切磋"和"用武之地"。其次，从这些会议的举行过程中我们可以发现，一个很明显的特征就是，学科和学科之间的交流和合作，乃至一些新兴的交叉性学科正在得到长足的发展。这意味着中文系内部的交流正在形成一定规模，学科之间正在不断相互渗透，为整个中文系的长远发展提供了动力。最后，可以看出相当一部分会议的召开是为了纪念老一代学人的成就的。当然，纪念会议，不仅仅是对老一辈学人的肯定，更是对新一代学者的鞭策和教育；同时，通过纪念会议的召开，不仅仅有一篇又一篇的学术文章和学术成果得到了交流，也是老一代学人的"学术能量"在新一代身上的传递，更是中文系在发展过程中、学术和学风建设当中结出的"双料"硕果在世人面前的展示，并且将这一硕果，不仅在纵向上传递给了后来者，同时在横向上，也传递给了世界。应该说，通过会议展现给世人的是一个学科、一个所，乃至整个中文系在教学、科研等多方面的综合成果。

另外，需要指出的是，2006年9月11日，浙江大学人文学院和中文系在马来西亚开办的中国语言文学硕士学位研究生班在吉隆坡正式开班。这是浙江大学在国外办学并授予浙江大学硕士学位的第一个项目，30位学员正式入学就读，另有多名旁听生选修部分课程。该研究生班确定了"名校、名师；高起点、高水准"的办班方针，所有学员必须具有本科以上前置学历，通过入学考试。

2011年8月，中文系部分教师在台北故宫博物院前合影

浙江大学人文学院和中文系按照一级学科口径设计培养方案，开设汉语言文字学、中国古代文学、中国现当代文学三个研究方向的模块课程共 16 门，选派优秀的教授前往授课。学员在修完所选专业模块课程并选修其他专业课程达到规定的 26 个学分后，进入论文写作阶段，最后来浙江大学修读中国概况课程，参加论文答辩，合格者由浙江大学授予硕士学位。这体现了包括中文系在内的人文学院积极开展国际交流、扩大学术影响的积极态度。也从另一个侧面看出，中文系对扩展其自身的影响，拓宽教育模式，应对跨国籍、跨学科的挑战的积极态度。

自 1998 年四校合并、进入新的发展时期以来，浙江大学中文系经过自身传统优势的建设，在不断扩大资源共享的基础上，不断地勇攀高峰。在教学上，中文系注重将科研成果运用到实际的教学当中，对提高学生的综合素质、锻炼学生的综合解决问题能力起到了积极的作用。并且随着现代化教育基建的更新和发展，中文系正以现代化的教学手段为辅助，不断地以新手段推广强势学科，在教学上成果显著。同时，在学科建设方面，按照学校有关"强所""精品""名师"的思想理念，中文所属的各二级学科努力开拓发展，在各自研究领域都取得了难能可贵的成就。尽管目前浙江大学中文系还存在不少困难和问题，但只要很好地继承老一辈学者的精神学术传统，守正创新，是完全可以克服的。一个美好的中文系的明天，在等着我们去努力，去建设。

《浙江大学中文系系史》
（总论卷）封面

（选自吴笛主编《浙江大学中文系系史·总论卷》，浙江大学出版社 2011 年出版。有删略。出处：浙江大学中文系微信公众号，2019 年 3 月 25 日）

从"西溪"走向"紫金港"

——浙大中文系百年华诞抒怀

在举世皆惊的疫情肆虐的 2020 年，浙大中文系迎来了它的百年华诞。在这特殊的环境和特殊的日子里，追忆它所走过的风雨辉煌的历史，倒也别添一种沧桑况味。浙大中文系很丰硕，它有形而又无形，可见而又不可见，是很难把握的，尤其是深层次的精神思想。然而，面对这百年一遇的华诞，作为浙大中文系的第三代学人，此时此刻，我还是难以抑制地涌动起对它的感念，并进而对它，也包括对整个中文学科在现代大学体制中的生存和发展萌生某些忧思。

我不知道从 1920 年之江大学国文系起始以迄于今，在这百年的现代大学体制中，浙大中文系强硕的"母体"到底培养了她多少的学子——是 8000 名，10000 名，还是更多，好像至今没有统计过；但我相信，无论他们在什么地方，从事什么工作，身上都或多或少、或隐或显地打上中文系的"印记"。而作为受教于斯、任教于斯，在斯生活和工作了 40 多年（连同读书将近 50 年）的 50 后的我，以及 50 后的我们这一代，中文系不仅是我们赖以生存的栖身所在，更是精神和情感的一种存在方式。随着最近几年我们 50 后的集体性的退场（这个退场在前几年已陆续开始），中文系将成为我们挥之不去的永恒记忆。

在十年前回忆中文系的一篇文章中，我曾经用这样的语言来形容和概括"我心中的浙大中文系"。我说："浙大中文系是一部精彩纷呈的大书，它有自己的故事，自己的节律，自己的性格与命运"。在这里，我连用三个"有自己的"，即"有自己的故事，自己的节律，自己的性格与命运"。那么，什么是属于浙大中文系"自己的故事，自己的节律，自己的性格与命运"呢？以我之理解，最突出之处，就是它在发展过程"分分合合"，显得比较复杂与曲折。因此，较之一般同类大学中文系，更富有独特的个性和色彩。但无论如何复杂与曲折，中文系潜心学术，将其当作学科发展"根基"的精神始终没有变。就像蒋礼鸿先生，哪怕是在重病住院之际，还捧着书不肯放手，把它视作"第二生命"。蒋先生"嗜书如命"的故事，它反映了老辈学者对教书育人及其自己从事的事业的痴迷，但何尝不是中国知识分子深入骨髓的文化责任感和使命感的一个生动体感（顺便插一句，蒋先生与同样也是中文系老师的夫人盛静霞，在去世后，还都将遗体捐给了祖国的医学事业，可以说是达到真正"献身"的境界）。他们不仅为中文系在学术而且在精神上树起了一个很高标杆。我想，这大概就是支撑百年浙大中文，并由之激荡起薪火相传学科发展强劲活力的"精神龙骨"吧。中文系之所以很小的规模（中文系在近十多年来一直只有40多位老师，连同古籍研究所加起来，整个"大中文"学科也就61人；这样的规模，在全国同类大学中是少见的），在近10多年来的三次中文学科评估中，一直都处于全国同类中文学科的前沿位置，或者说是"第一方阵"，根本原因就在于此。

作为一名50后，也是中文系的第三代学人，我是在前两代特别是第二代师辈的直接教育、关爱和熏陶下成长的。师辈的为人为文为教，他们在课堂上讲课时的音容笑貌，至今还清晰地定格在我的脑海里。我记得徐朔方、吴熊和先生给我们所讲的跳跃性很大，看似东一榔头西一榔头，实则蕴含着密集学术信息的古代文学，开始不习惯、觉得很累，经过一段时间后方感阡陌纵横，很幽深、很有品味，这是大家的风范；我记得王元骧先生给我们所讲具有严密逻辑思维的经典文论和基础理论，为了使之形象具体可感，有一次他还在黑板上给我们画了一幅"长河落日圆"的图示；我记得同样是讲古代文学和文艺学，蔡义江先生讲得很豪放潇洒，一如他龙飞凤舞的行书，一如他的大口喝酒、用劲抽烟，邵海清先生则文质彬彬，举止优雅，每次课间休息都用折得方方正正的手帕，轻轻地、轻轻地拂去飘落在头发和衣服上粉笔灰；而蔡良骥先生呢，则用他作为诗人所特有的激情及不无感性化语言，以集锦式的例证，将抽象的艺术规律和创作方法讲得妙趣横生；我还记得陈坚先生在给我们讲现当代文学名著时,经过穿插沉醉其中的抑扬顿挫而又堪称达到"国标"水平的普通话朗读,手舞足蹈,然后突然发出一阵令我们措不及防的很满足的笑声,于是我们也跟着大笑,课堂上洋溢着一片笑声……

我们那时的中文专业课,基本上都是他们这一代即第二代师辈给我们讲授的,所以受其影响也大;包括他们东一榔头西一榔头的讲授方式,也包括他们直写的、充满古典韵味的板书。那时师生关系亦比较密切,会抽烟的老师,在课间和暇余,也经常给我们男同学递烟,彼此甚至还有往来。我记得曾经去过靠近杭州城站的蔡巷的邵海清先生、位于"老杭大"南大门道古桥旁的王元骧先生家里蹭过饭。当然,影响最大的,还是他们从他们的老师,也就是中文系第一代老先生那里承传下来,对于具有"哥德巴赫猜想"学术高度或高坡的不懈追求,那种自觉地、不设前提地将自己毕生才智学识奉献给祖国的教学和科研事业的高尚的精神情怀。在今天功利化、欲望化、浮躁化,乃至如有学者批评的走向极端的"精致的利己主义"的背景下,这种精神情怀益发显得弥足珍贵。

说到这里,我不能不提及为浙大中文系作出开创性贡献的第一代学者。对于他们,尽管我充满崇拜,但接触不多——我更多是从第二代老师那里聆听到有关他们的故事,是比较间接的,带有浓重的精神性和情感性倾向,但它的份量很重。当然,因为赶上了80年代前二代"代际"交替这趟班车,我也目睹夏承焘、姜亮夫名师大家的风采,多少受到过他们的"隔代"教育和指点。我曾看到姜亮夫先生在中文系举办的大一新生"迎新会"上,他在旁人携扶下颤颤巍巍地走上讲台,以"老马识途"的身份对学生进行学术启蒙,并在某个晚上叩门向他请教在中国先秦时代,有无出现像《斯巴达克斯》小说所写的古罗马斗技场"人兽搏斗"的情景——蒙他指点,这个情景的"辨析",不久成为我刊发在《文学评论》1982年第2期文章《评近年来的历史小说创作》的重要支撑依据。可以想象,它对当时30岁的我来说,这是多大的鼓舞。的确,它也由此奠定了我学术研究的方向。我还有幸听到著名的先秦文学研究专家,曾经担任过中文系主任王驾吾(王焕镳)老先生,操着南通口音,给我们讲授在我当时听来既有趣而又略带艰涩的《墨子》《韩非子》。1979年我结婚，与我素不相识的他，得知消息后托人给我送来一副贺联。我还与20世纪20年代入党，曾参加过北伐战争和南昌起义，并担任北方"左联"书记的现代诗人、作家、教授、学者的孙席珍先生，在同一个支部里学习和讨论。那时他身上安装着心脏起搏器，抽着质量较差的香烟，绘声绘色地给我们讲现代文学史上的掌故……

当然，作为一名50后，也是中文系的第三代学人，在浙大中文将近半个世纪的学习工作中，我也参与了中文系这部"精彩纷呈大书"的书写，成为"故事"中的一员及其亲历者和见证人：我见证了浙大中文系前身——80年代"老杭大"时代的辉煌；见证了80年代后期新闻系在中文系母体中分离独立（后来还见证了新闻系与国际文化系一起，从人文学院独立出来成立单独建制的传媒与国际文化学院）；见证了90年代市场经济启动初期中文系面临的困难及其所作艰难突围；见证了1998年四校合并的前夕，"老杭大"中文系96位教师在"西溪"校区图书馆前的集体合影；见证了在中文系在困难之际，浙江通策集团董事局主席、84级系友吕建明先生对中文系的慷慨解囊（吕建明还在2017年浙大120周年校庆时，给学校捐助了2个亿）；见证了2005年第一次来到空旷的、有点像大型企业的紫金港东区教学楼上课的不适；还见证了今年暑假中文系从局促的"西溪"校区搬到"紫金港"校区新造的人文大楼，分享到每个老师都拥有一间办公室的喜悦……总之，我见证了"老杭大"中文系并入"新浙大"及其并入初的不适到现在的逐渐调适和融入，释放出自己应有的能量；我见证了中文系从"西溪时代"到"紫金港时代"的许多故事，我是故事中的人，也参与故事的书写。再扩大而言之，我见证了90年代中后期，中国大学出现的堪称为世界高等教育绝无仅有的高校"大合并"，以及这一"大合并"给中文系及其发展带来的深刻影响，包括外在体制、运行模式，也包括内在的思想、情感和心理。

浙大中文系的故事还可以再讲下去——"老系故事多"嘛。但我以为，今天讲述这些故事，不仅是因为它精彩纷呈，也不仅是为了追忆和缅怀总结过去，而是将其当作一种资源，来构建与新时代社会主义文化建设和高等教育相适的中文学科新体系，使之贯穿百年又存活于当下。因此，我们有必要谦恭、谨慎和清醒。毕竟，"一代有一代的学术"。我们今天面临的是与以前完全不同的环境，甚至与八九十年代环境也不可同日而语。不仅教学科研内容体系与方式方法变了，而且人才培养的对象也与过去有很大的区别，现在我们面对的都是在互联网背景下成长起来的年轻学生。因此，如何对中文故事中的传统精神进行创造性转换与创新性发展，为中文的"求是博雅"注入新的内涵，或者说，为中文传统精神寻找进入当下，与时代社会和年轻学生进行对话的内在逻辑，这个问题就尖锐地摆到了我们面前。具有"东方剑桥"美誉的浙大是培养中国科学家的摇篮，在紫金港校区东区的蒙民伟楼一楼大厅那里悬挂的160多位院士大幅照像，昭示和提醒我们，浙大这里具有非常丰厚的科学资源可以开掘。如何做好这篇"人文"与"科学"结合的文章，这是看似老旧实则极具潜力及时代内涵的一个新的课题，有必要值得引起我们重视；我甚至认为，这也许是浙大中文系将来有望突破和拓展的一个重要方向和维度。从比较专业的角度讲，我认为在五四"民主"与"科学"二大主题中，可能与文化传统和习惯思维有关吧，这一百年来，我们对于"科学"的认识远远没有达到"科学"的程度。包括我自己在内，我们在课堂上和文章中所说的五四及其五四精神，某种意义上，往往讲的就是单一的"民主"（不管"启蒙说"还是"革命说"，其实讲的就是单一的"民主"而不是"科学"），而似乎并不同时涵纳"科学"。"科学"作为与"民主"同样重要的精神和艺术资源，至今远远没有得到充分开发和有效利用。近年来，《流浪地球》及其科幻小说的盛行，从侧面证实了这一点。

不久前，看到浙大工科四位教授刊发在《光明日报》的一篇文章中，就新形势下一流学科建设提出了一个富有意味的话题，叫"仰望星空"与"脚踏实地"（张泽等《新形势下一流学科如何建设——学科建设与产业创新良性互动》，《光明日报》2020年10月27日）。中文学科当然属于"仰望星空"，因为我们探讨的是精神性、情感性、诗性的东西；但这里所说的"三性"即精神性、情感性、诗性,不应简单和狭隘为纯粹的"私我"(尽管它也有存在的必要及自身的价值),而是应该与时代社会洪流及民族人民"大我"对接,守正创新,不忘初心,有更高远的追求,有更开放更深邃的境界及目标。如果说这有道理的话,那么有必要重新呼唤这些年被冷落的现实主义和民本立场。当然,对于百年中文来说,现在更为重要和迫切的,也许还是如何用科学的发展观,更好调动和激发中文作为一级学科办学主体,和教师作为教学和研究主体的积极性。这也是国内北大、复旦等名校实践充分证实了的一个规律,乃至是一个真理,是第二个百年需要面对的;自然,它也是包括广大系友在内的所有中文人的共同意愿。因为常识与经验告诉我们,如果不充分调动这两个"主体"的积极性、能动性和创造性,那么,它的由现实通向未来的可持续的发展,就将失去其重要的、根源性的原动力。

中文学科建设是一个基础性的、关乎中华民族长远利益的"系统工程",也是支撑一所大学的精神品质和品位的"阿基米德点"。中文系不仅仅是中文系的,同时也是属于浙大的。新时代赋予中文系不同以往的新的历史使命,它的悬浮于空中的审美意识形态的学科属性,必将使其在呼应时代主旋律,把中国文学文化推向世界,构建人类精神共同体的过程中,显得重要、艰难而又复杂。这一点,在经历了今年世界性疫情的风风雨雨的当下,人们应该有所体会,并对"后疫情"时代面临的新形势有所预判。相信浙大中文系,以深厚的百年积淀为基础,一定会将这部"精彩纷呈的大书"写得更加辉煌灿烂。我衷心祝愿我们的"母系",从"紫金港"这里再出发,在世纪的轮回中取得新的更大的发展。

(作者:吴秀明,浙江大学求是特聘教授)

(笔者附记:本文系 2020 年 12 月 18 日在浙大求是大讲堂召开的"百年中文庆典"发言稿,曾以《浙大中文系的历史、现实与未来——吴秀明教授在中文系建系一百周年庆典上的发言》《个人经验与体验的"系史"》为题,刊发于浙大中文系及人文学院"微信公众号"、《中华读书报》2021 年 1 月 27 日)

薪火相传的敦煌学

浙江与敦煌远隔万水千山，但约七万件莫高窟藏经洞文献却把浙大中文几代学人和敦煌紧紧连在了一起。

姜亮夫先生是中国敦煌学事业的奠基者之一，也是浙江大学敦煌学研究的开拓者。早在 20 世纪 30 年代，姜老到巴黎学习考古学，当他看到流散在巴黎的敦煌写卷时，他的爱国心也被极大地激发起来了，于是他放弃原来的学业，转而投入敦煌写卷的抄录和拍摄之中，从此走上了敦煌学研究之路。回国后，经过详尽细致的整理考证，撰写了数百万字的学术论著，其中包括《瀛涯敦煌韵辑》《瀛涯敦煌韵书卷子考释》《敦煌——伟大的文化宝藏》《莫高窟年表》《敦煌学概论》《敦煌学论文集》《敦煌碎金》等著作，受到海内外学术界的广泛推崇和赞誉。1983 年，八十高龄的姜亮夫先生还受教育部委托，在杭州大学主办敦煌学讲习班，为敦煌学人才的培养作出了可贵的贡献。

比姜先生略晚，在敦煌学方面做出巨大贡献的有蒋礼鸿先生。蒋先生是浙江嘉兴人，生前在杭州大学任教。蒋先生的敦煌学研究集中在语言文字方面，他的《敦煌变文字义通释》初版于 1959 年，后于 1960 年、1962 年、1981 年、1988 年、1998 年先后增订过五次，以其精益求精的治学态度而被学术界传为佳话，并受到海内外学术界的广泛赞誉，如日本学者称之为"研究中国通俗小说的指路明灯"，美国学者称之为"步入敦煌宝库的必读之书"。1995 年，蒋先生率五位博士弟子（黄征、张涌泉、俞忠鑫、方一新、颜洽茂）编撰的《敦煌文献语言词典》也以其较高质量受到学术界的好评。

郭在贻先生、张金泉先生是浙大敦煌学的第二代传人。郭、张二先生皆师承姜、蒋两位学术大师，1965 年原杭州大学毕业后留校任教，并都担任过姜先生的助手。郭先生侧重于敦煌俗字、俗语词的辨析，主要著作有《郭在贻敦煌学论集》《敦煌变文集校议》(与张涌泉、黄征合作)、《训诂丛稿》《训诂学》(后二书虽非敦煌学专著，但引例举证多涉及敦煌文献材料)。张金泉先生侧重于敦煌音韵和唐五代西北方音的研究，主要著作有《敦煌音义汇考》和《唐西北方音丛考》。姜、蒋、郭三位都是国务院学位办(1984年、1986年)批准的博士生导师，培养了大批博士生、硕士生，并因其在学术研究方面的开拓性贡献，姜、蒋二先生经国家人事部批准为终生教授，郭先生被评为国家有突出贡献的中青年专家。可惜天不永年，这三位先生都已先后去世了。敦煌学是三位先生一生的追求，敦煌是三位先生梦中的圣地，虽然他们一辈子都没有到过敦煌，但他们的心和敦煌连在一起，他们用辛勤和汗水把自己的名字和敦煌学永远连在了一起！

薪尽火传。在老一辈学者的培养和熏陶下，现在一批中青年的敦煌学家正以他们自己的努力，进一步巩固了浙江大学作为海内外公认的敦煌学研究中心之一的地位。这批中青年学人大都是在上面四位先生的培养下成长起来的，学有渊源，根基扎实，已在学术界有相当大的影响。其中居于世界学术前沿的主要有以下两个方向：

1. 敦煌语言文字研究。这方面代表性的著作主要有张涌泉著《汉语俗字研究》《敦煌俗字研究》《汉语俗字丛考》三部著作，其中前者获我国人文学科领域评奖程序最为严苛的思勉原创奖(第二届)，后二书分获教育部高等学校人文社会科学研究成果一等奖、二等奖，以及胡绳青年学术奖、中国社科院青年语言学家奖一等奖等荣誉。这三部著作构建了汉语俗字研究完整的理论体系，把近代汉字研究推向了一个新的阶段，使俗字研究从根本上告别了识字和著录的时代，而以科学的姿态跻身汉字学的殿堂。近年来不少学者和硕博士生纷纷加入俗字和近代汉字研究领域，近代汉字研究逐渐成为汉字学的一个重要分支学科，其学术影响，不可谓不深远。

2. 敦煌文献校理研究。这方面代表性的著作主要有黄征、张涌泉著《敦煌变文校注》，张涌泉主编《敦煌经部文献合集》等。前者是"敦煌变文校理之集成之作"，曾获国家社科基金项目优秀成果三等奖、中国社科院青年语言学家奖一等奖等奖励；后者是敦煌经部文献整理研究的集大成之作，曾获中国出版政府奖（图书奖）、教育部高等学校人文社会科学研究成果二等奖等荣誉；并双双被国家新闻出版广电总局、全国古籍整理出版规划领导小组评为新中国成立以来首届向全国推荐的优秀古籍整理图书。另外，张涌泉著《敦煌写本文献学》、许建平著《敦煌经籍叙录》、关长龙著《敦煌本数术文献辑校》、窦怀永著《敦煌文献避讳研究》、朱大星《敦煌本老子研究》、金少华著《古抄本文选集注研究》等著作，也都各擅胜场，精彩纷呈，得到学术界很高的评价。

姜亮夫题字。敦煌研究院提供，摄影：宋利良

在上述成果基础上，浙大的敦煌学研究团队现正发力推进《敦煌史部文献合集》《敦煌子部文献合集》《敦煌残卷缀合总集》等项目的整理研究工作。这些都是近千万字级的重特大项目，为国内外学术界所瞩目，并得到国家社科基金办公室、全国古籍整理出版规划领导小组强有力的支持。可以预料，这些大型著作的完成出版，必将大大推动敦煌学研究的深入和拓展，那将是浙大学人

对敦煌学的又一重要贡献。

1990年，敦煌研究院召开国际会议，当时年近九十的姜老虽不能亲自与会（姜老一辈子也没有到过敦煌），但心向往之，专门为会议写了一幅字：敦煌宝藏是全人类的同心结。

敦煌学，全人类的同心结，也是浙大几代学人薪火相传、为之持续奋斗的精神家园。

（作者：张涌泉，浙江大学资深教授）

（《浙江大学报》2020年12月31日）

浙江大学与现代词学

刚刚，中文系迎来百岁生日。回眸浙大中文系百年历史，名师大家，熠熠生辉。夏承焘、王驾吾、胡士莹、姜亮夫、任铭善、孙席珍、蒋礼鸿、郭在贻、徐朔方、吴熊和……有赖这些大师们引领示范，虽外在形式屡历变迁，浙大中文系却能始终坚守学术命脉。岁月流逝，无论是在动荡岁月还是在和平环境，前辈学人在历史各个阶段留下了上下求索、坚定前行的足迹和身影，至今令中文系师生系友们肃然起敬。几代学人薪火相传，浙大中文系形成了自身独特而丰富的学术传统，在浙江思想文化史上产生了深远的影响。

浙江大学作为词学研究重镇，与中文系的百年发展历程相始终，一直站在研究的前沿，引领研究的方向。浙江大学词学统系的高位起点渊源于20世纪30年代夏承焘先生奠定的词学；吴熊和先生传夏承焘先生的词学一脉，确立了浙江大学的词学传统；新世纪以来，这一传统又得到了进一步传承与拓展，从而形成了富有建构性的浙江大学词学研究特色。

以史治词之路径创新。词学是由诗学独立出来的一门专业学问，兴起于两宋，渐盛于清朝。旧词学长于词的外在形式的考订与词集校理，而疏于词史与词学理论的系统研究，因此历代词学著述虽然繁富，研究路径却不免逼仄，难得融会贯通之要旨。夏承焘先生承晚清词学复兴之余绪，借鉴科学的研究方法与现代理念，结合其深厚的传统学养与扎实的考订功夫，锲而不舍，精勤探索，以毕生之力，在词人年谱、词论、词史、词乐、词律、词韵以及词籍笺校诸方面均取得突破性成果，拓展了词学研究的疆域，提高了词学研究的总体水平，成为现代词学的开拓者和蜚声国内外的一代词学宗师。夏先生是温州人，治词具有浙东学派"学究于史"的特点。其词学贡献主要体现在词人谱牒之学的创造，代表著作是《唐宋词人年谱》。通过考证鉴别，判断史料和作品的真伪；通过排比史料，梳理词人的人生轨迹、创作历程及风格演变；通过叙述交游，勾勒词人生存和创作的完整轮廓。夏先生所使用的点线结合、纵横结合、文史结合、内证和外证结合、作家本体与作品本体结合的方法，是传统词学走向现代化、科学化和系统化的一个重要标志。著名学者程千帆先生评论说："以清儒治群经子史之法治词，举凡校勘、目录、版本、笺注、考证之术，无不采用，以视半塘、大鹤、彊邨所为，远为精确。前修未密，后出转精，当世学林，殆无与抗手者。"（《词学》第六辑《论瞿翁词学》）正因为他专力治词，故自 20 世纪 20 年代登上之江大学讲坛，直至国立浙江大学、浙江师范学院、杭州大学诸阶段，对于现代词学研究的影响长达一个世纪。

通精兼擅之体系建构。吴熊和先生自 20 世纪 50 年代随夏承焘先生研治词学，他不仅发扬了夏先生以史治词的特点，还进而扩大了词学研究的阃域，体现出求通与求精的学术特点。吴先生博学多识，以专驭博，视野宏阔高远，学术宏博精深。在词学领域，纵则将唐宋元明清都纳入研究的视野，横则在词源、词体、词人、词集、词派、词乐、词调、词谱方面都有精深的研究。他的代表作是《唐宋词通论》。这部书使得 20 世纪 40 年代至 80 年代词学宏观研究的萧条局面得到很大的改观，建构了 20 世纪词学的新体系，打开了新时期词学的新格局，是一部承前启后、继往开来的里程碑式的著作。它不尚空论而务实学，对词学史上许多重大问题作了非常精辟的阐释，在理论、方法和具体考证上都对词学研究具有重大突破和创新。该书评论精当，下语果断，表述谨慎，文采斐然。对词学上不少争议的问题，取舍有度，对问题的关键点认识清楚，显示了通达的学术眼光。这种通论的形式提供了一种富有个性和针对性的研究思路，进而梳理出最核心、最本质的问题，是词学研究切实可行的路径。因此，吴先生又组织编纂《历代词通论》，即《唐宋词通论》《金元词通论》《明词通论》《清词通论》及《近代词通论》五部。其中《金元词通论》为吴先生弟子陶然所撰，该书立足于词人群体勾勒，划分金元词的基本发展阶段，对于金元的词史地位进行的客观衡定，更着力于金元全真道教词的阐幽发覆。这样就体现出通论更有利于研究重要的词学现象与词学的重要问题，反映词在特定时期的整体面貌。其余诸部亦正由吴先生后学陆续撰著中。

文献立基的疆域拓展。浙江大学的词学研究，因为一代词宗夏承焘先生开创，词学名家吴熊和先生拓展，走出了较为严整的从以史治词到词学通论的路径。新世纪以来，在新一辈学者的努力下又进一步推进，在名家词、域外词等研究方面开出了一片疆土。陶然、姚逸超《乐章集校笺》，从校勘、订律、笺注、辑评、考证、附录相关材料等六个方面，对柳词进行了深入整理，为学界提供了十分完备的柳词整理定本；胡可先、徐迈《欧阳修词校注》，在秉承传统笺注方法的

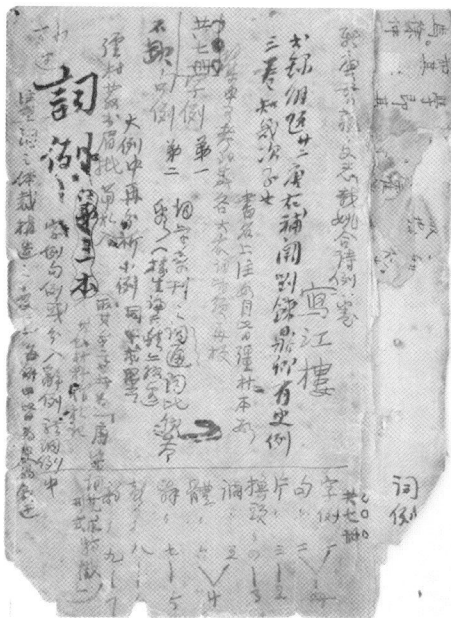

夏承焘《词例》（吴蓓提供）

同时，又以词证词，以欧证欧，进而揭示词体文学的艺术特质。而陶然补订的《放翁词编年笺注》，笺注者夏承焘、吴熊和师徒二人都是著名词学家，上海古籍出版社 2012 年重印此书，又由吴先生弟子陶然负责订补，新增辑评、总评两个部分，正文笺注和附录题跋亦有增补，从而使本书更趋完善，浙江大学传承有序的三代词学专家的治词路数融合在一书当中。周明初、叶晔《全明词补编》，对于饶宗颐《全明词》的缺失之词进行了大量补正，体例完备，考证精审，后出转精，成为一部厚重的词学文献著作，其《新编全明词》也很快杀青。陶然近年来重点探讨词作东传与宋词的域外影响、朝鲜词作文献、朝鲜词论等域外词学的诸多重要问题，开拓出了新的领域。沈松勤的《唐宋词社会文化学研究》，是在吴熊和先生词是"文学—文化现象"的启迪下，从社会学与文化学的视野

考察唐宋词的原生状态及其发展的标志性著作。黄杰《宋词与民俗》则专力考察宋词与宋代社会风俗的关系。这些成果均立足于文献研治，从不同的角度推进了当代词学研究的深入，使得浙江大学的词学传统不断焕发出新的生机与活力，始终站在当代词学研究的前沿。

（作者：胡可先，浙江大学求是特聘教授）

（《浙江大学报》2020 年 12 月 31 日）

那个时代我们这样交流

我 1984 年进入杭州大学中文系读书。那个时候，是一个物资短缺的年代，跟今天大学生应有尽有的现状是完全不一样的。在精神层面，则快速经历了一个从相对匮乏到无限丰富的过程。那时候，通向世界的闸门刚刚打开，从欧美翻译的新书每天都会潮水般涌来，没有人告诉我们怎么去选择。我们的思想已经太饥饿了，几乎是什么新鲜看什么，逮到什么看什么，新华书店的吸引力远远超过了图书馆。我们没有别的想法，社会也比较单纯，从来没想过未来还可以去做与中文没有关系的事情。我们中的绝大多数人，是真心想做学问。老师也特别喜欢跟我们交流。大家经常到老师家里去讨论问题。我经常去两位老师家，一位是陈坚老师，一位是王林祥（王元骧）老师。吴秀明老师当时是我们的班主任，住得离我们宿舍很近，我们也经常去他家。王林祥老师特别喜欢和我们争论，争论成为了一种学习方式，大家在争论过程中确实产生了很多火花。导致现在，虽然我已年过半百，想法还是特别多。

大学时代，我喜欢心理学家和哲学家皮亚杰，他写的一本很小的小册子《发生认识论原理》，对我的影响非常深刻。我经常思考他研究儿童的思维方式是怎么发生的，又如何固定下来成为"范式"。我们一直说学校的教育目的不在于灌输了多少知识，现在知识的获取已经非常方便，能让学生创造一种"范式"，获得处理知识的最强大的能力才是至关重要的。直到几十年后的一天黄昏，走到皮亚杰雕像之前，还突然觉得像遇见了一位故人。

大学时代，还有一位对我影响很大的人是西格蒙德·弗洛伊德。王林祥老师似乎对他不怎么感冒。我们进大学以前完全是一张白纸，所以看到弗洛伊德很新奇，特别喜欢。王老师是把马克思主义美学诠释得特别好的一位教授，我

155

个人认为他是讲马克思主义美学的第一人，把整个理论体系讲得非常圆满。特别是把"美是人的本质力量的对象化"讲得出神入化。但是，对于"什么是人的本质力量"，他感觉我有些怀疑。

我有一个非常不好的睡懒觉的习惯，为了吃早饭上课就要迟到，不吃早饭连上三节课又饿得吃不消。王老师就经常和我们各种斗智斗勇，上课时只要我不在就点名。我上课的时候喜欢在笔记本上画小人，课间休息的时候，他也在我的笔记本上画画。我画长头发的，他就画光头，反正都是反着来，然后在画的旁边写一句："弗洛伊德研究得怎么样？"我们就这样结成了一个非常奇妙的师生关系。有一次我们几位同学课间溜出去吃早饭，被他发现了，他说要期中考试。考什么呢？什么都不考，就是把笔记本收上来，在笔记本上打分。我的笔记本是空白的，所以只能是零分。到了晚上，王老师来到我们寝室里。我正躺在上铺看书，王老师说，你不用下来，现在给你补考，用两个字来区分美和崇高。我答不上来，于是这次期中考试就真的成了零分。当然，这次特殊的期中考试没有记到最后的学期成绩里。那个时候的老师是非常开放的，把我们学生完全当作一个知心朋友一样来沟通。因为逆反心理的缘故，我看弗洛伊德的书非常多。本科快毕业的时候，曾经想写关于弗洛伊德对当代中国文学影响的论文。那时候，确实不只我们大学生喜欢《梦的解析》，很多作家都受他的影响，写梦，写一些象征的东西。我有一次和陈坚老师讨论过这方面的话题。陈坚老师是一位学识渊博而且特别善良的教授，给我的自由度很大。他认为现代文学的课程对我来说可能太简单了，允许我不来听课。文学界一直有关于曹禺剽窃的话题，有一次我偶然接触到，专门问陈坚老师借了两本内部印刷的参考资料，因为这让我想到了皮亚杰。五四以后，第一代白话文作家奉行拿来主义，有人说是抄袭。我想到皮亚杰关于儿童期的认知的研究可能对这个题目有所帮助。当时的新文学运动，是一批首先觉醒的知识分子，完全厌倦了传统的文学样式，对西方文学有一个生吞活剥的简单借鉴的阶段，这是一个发生认识的问题，有一个重新塑造"范式"的过程。陈老师听后鼓励我写这个。于是，我的大学毕业论文就写了《曹禺的戏剧艺术思维》。陈坚老师把这篇文章拿给钱谷融教授看。钱教授看后说，这个方向很好，"是会引起轰动的"，应该把它写下去。陈老师希望我考他的研究生，把这个课题做下去。问题是我的英语很烂，我觉得可能考不上研究生。同时，工作对我吸引力很大。但是很多年，心里还想着写这本书，书名应该叫《中国新文学运动文艺思想探源》之类的，却一直没法动手了。后来，陈老师把这篇文章做了删节、修改和大量的完善补充，发表在《文艺理论研究》上。

这个思维范式的研究一直影响了我此后三十年对社会和文化的认识。今天，我眼前有两条曲线。一条是三十年社会文化和价值观变化的曲线，另一条是我们这些有人文底色的人，内心当中的一些冲动的轨迹。上大学时形成的思考与批判精神，融入我一生的人生价值中。

（作者：吕建明，通策控股集团董事局主席，浙江大学校董）

（《浙江大学报》2020 年 12 月 31 日）

发展研讨 ▍

学科发展研讨会

2020 年 12 月 18 日下午 2 点，"浙江大学中文系建系一百周年庆典·学科发展研讨会"于浙江大学紫金港校区人文大楼 429 会议室顺利召开。浙江大学中文系主任胡可先教授主持了本次研讨会，同来自汉语言文字学、古典文献学、古代文学、现当代文学、文艺学等多个学科的近四十位教师代表，围绕第五轮学科评估情况、如何建设一流中文学科以及浙大中文学科发展的问题与对策等主题进行了深切交流和研讨。与会教师代表结合自身教学科研实际，积极向学科建设与发展献言献策，提出了诸多有益建议，推助浙大中文系在人才培养、科研创新和团队建设方面实现全面提升、重点突破。

研讨会上，胡可先主任首先向与会教师通报介绍了浙大中文系第五轮学科评估工作的进展情况。通过与上一轮学科评估的程序与成果进行对照，分析并总结了我系在应对当下学科评估工作时展现出的优势与强项。胡可先主任指出，浙大中文系在人才培养、课程设置与科研创新成果方面成绩斐然，与国内同类大学或学科相比有相当显著的优势。

在本轮学科评估中，我系"在校生代表成果"一栏成绩优秀。这得益于中文系在人才培养方面长期的建设工作。在人才培养模式方面，我系积极引领人才培养新体系"强基计划"，汉语言文学古文字学方向是教育部批准的在部分高校进行综合招生改革试点的专业之一，志在培育"冷门绝学"领域锐意创新的专门人才。针对研究生培养，中文系以培养本学科尖端人才为目标，强化成果创新，实施多方面的创新计划和重要举措。在具体教学建设环节，浙大中文系重视师资队伍建设，打造金牌课程，其中"中国现当代文学史"被评定为国家精品课程，"当代文学前沿问题研究"被认定为国家首批一流线下课程，"唐诗经典""宋词经典"被认定为国家精品在线开放课程，"析词解句话古诗"被认定为国家精品视频公开课程，目前在"中国大学 MOOC"上线的课程达 12 门。中文系教师作为骨干的"文史哲通识课程建设的精品化与公开化"获教育部第七届优秀教学成果二等奖。同时，中文系重视出版教材的质量，《中国当代文学史写真》《训诂学概论》《文献学概论》《文学原理》《现代语言学导论》被评定为国家规划教材。浙大中文系立足于教改及"大中文"教学和人才培养理念，注重应用创新和社会服务，使得深厚强劲的中文学科更好地为国家战略与地方建设服务，亦值得特书一笔。

浙大中文系在科研成果与科研支撑平台建设方面依然表现不俗。中文系积极响应国家文化战略层面的"大中文""新文科"建设，践行以文为主，文史哲融合，基础研究与应用研究融合，取得了诸多标志性成果，如入选"国家哲学社会科学成果文库"的《东汉疑伪佛经的语言学考辨研究》《汉语词汇核心义研究》《新出石刻与唐代家族文学研究》《汉语核心词的历史与现状研究》；获得教育部高等学校人文社会科学优秀成果一等奖的著作有《敦煌俗字研究》《甲骨文校释总集》；集大成与开拓新领域的学术成果有《敦煌经部文献合集》《中华礼藏》《中国当代文学史料问题研究》《外国文学经典生成与传播研究》等。仅以 2020 年获得教育部优秀科研成果奖而言，就有语言学研究成果《汉语词汇核心义研究》《古代文化辞义集类辨考》《汉语运动事件词类化的历时考察》、*Interrogative Strategies: An Areal Typology of the Languages of China*，文学研究成果《新出石刻与唐代文学家族研究》《中国当代文学史料问题研究》，历史学研究成果《宋代登科总录》等。拥有共计 40 项国家级科研项目，获得共计 7 项教育部颁发科研成果奖项。浙大中文系现有五个国家级科研支撑平台，汉语史研究中心 2000 年就入选国家教育部普通高等学校人文社会科学重点研究基地，近年来中文系更积极与海外著名高校合作建立研究平台，如与美国哈佛大学地理分析中心共建"学术地图发布平台"，大大促进了中文系的国际化发展。

胡可先主任进一步指出，新一轮教学评估体系还强化了教学成果奖项、重大项目等指标所占的比重，增加了社会服务评价等指标，提出了思想政治教育、师德师风建设等方面的新要求，这也对浙大中文系发展建设提出了新挑战、新要求、新目标。针对中文系学科建设发展中潜在的问题与机遇，与会教师代表各抒己见：

吴秀明老师认为，在学科评估体系的变化调整之下，中文系教职人员也应对自身教研活动做出结构性调整，弹性适应。他指出，中文系教师一贯倾向"闷着头搞科研"，当下应该再回到教学与教材建设上，为中文系"固本"，打造中文系的声誉、形象。在科研路径上，应从以往"各自为战"，转向注重凝聚学术方向、注重传承。

张涌泉老师指出，学科评估需要长远规划，它是中文系工作的一个导向，牵涉面甚广，包括教学成果奖的策划、教材的建设等问题，应当早布局、早投入，也要激发学生的科研成果生产。

参与教学评估材料整理工作的史文磊老师也强调，重视教育与团队建设正在显现为学科建设的一个主流，建议中文系重视团队组织，凝聚科研方向，打造重量级科研成果。年轻教师尤其要科研、教学两手抓。

参会老师提醒各位老师注意教育部、中宣部关于文化大数据体系建设的通知，注意这个新方向，抓住时代潮流。陈洁老师对学科评估体系的新增板块——思想政治与师德师风建设方面提出了中肯建议。于文老师则建议发挥边缘学科"交叉性"的长项。参会老师还以文字学专业为例提出了师资力量的"入口/出口"问题。研讨会上，王云路老师、方一新老师亦为学科评估提供殷切建议与支持。汪维辉老师、叶晔老师也参与表达了对教学评估体系的看法。

研讨会尾声，胡可先教授总结致辞，感谢并肯定了各位老师的讨论与提议，指出当下中文系应立足学科评估工作，与时俱进，探索学科发展规律，传承好浙大中文系学统学脉，促使浙大中文系在新的百年起点，向着国际、国内一流学科建设的道路上更快迈进！

媒体报道▎

浙江大学中文系走过百年：湖山学脉　两浙文心

《浙大中文一百年》——这册刚刚付梓的竖排线装书，散发出幽幽墨香，仿佛穿越了一个世纪的历史云烟。

全书凡一万余言，是在三卷本、140余万字的《浙江大学中文系系史》基础上辑写而成。放眼国内高校，出版校史者众多，而如此郑重地记录一个系的历史，是十分少见的。

百年来，浙江大学中文系汇入中国现代教育事业发展的历史洪流，始终引领近现代以来的浙江学风。"江南学林渊薮"的称谓，名副其实。值此建系100周年之际，她的历史值得讲述。

整合两浙学术，绵延东南文脉。此处湖山之间，是巍巍邺架，代代人杰。

之江诗社合影。夏承焘任教之江大学时，曾任之江诗社指导老师（资料照片）

浙大中文系这种深沉广大、博雅专精的学术气象，在当前继续发扬光大，成为浙江文化大潮中一股磅礴力量。

大师星光辉映百年历史

浙大中文系将 2020 年作为建系 100 周年，是以 1920 年之江大学开设国文系为肇端，这也是现代大学教育意义上的中国语言文学系在浙江的发端。还有一条脉络，则是 1928 年国立浙江大学文理学院设立的中国语文学门。二水并流，在新中国成立之初的学科和院系调整过程中汇聚为浙江师范学院中文系，后为杭州大学中文系，直至现在的浙大中文系。

追忆浙大中文系的历史，我们自然而然地首先聚焦于那些在国内外学界享有盛誉的名师大家。夏承焘、王驾吾、胡士莹、姜亮夫、任铭善、孙席珍、蒋礼鸿、郭在贻、徐朔方、吴熊和……有赖这些堪称中坚的大师们引领示范，浙大中文系虽外在形式屡历变迁，而能始终坚守学术命脉。

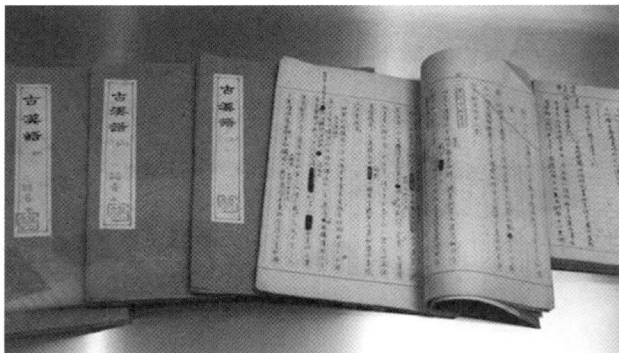

姜亮夫先生手稿

"每逢同学聚会、校友相逢，师辈们的'原典故事'永远是大家津津乐道的话题。"四校合并后新浙江大学首任中文系主任吴秀明，谈起老一辈大师的点滴往事，眼中就闪烁光芒。这光芒源于大师们在学术领域树立起后人仰望的高点，亦源于他们身上那股经久不衰的精神力量。

"一代词宗"夏承焘是现代词学的开拓者和奠基人。抗战烽火中，他奔赴龙泉，任教西迁于此的国立浙江大学。"人无老幼，地无南北，今有我无敌。越山苍茫兮钱塘呜咽。我念我浙江兮，是复仇雪耻之国……"在龙泉分校风雨龙吟楼，夏承焘写下了100多首爱国诗词，激发民族抗战精神。

国学大师姜亮夫以毕生精力捍卫中华传统文化的尊严，至晚年双眼几近失明，却留下了极其丰厚的楚辞学、敦煌学学术遗产。他抄录、拓摹流散国外的敦煌经卷数以千计，一生完成专著数十部、论文百余篇，著述近亿字。姜亮夫曾说："敦煌的瑰宝流散在国外，研究敦煌学的专业人才寥寥无几，这是对中国学术研究的莫大侮辱。我希望中青年教师努力，为敦煌学研究做出贡献，为中华民族争光。我相信总有一天'敦煌在中国，敦煌学也在中国'！"

词学大家吴熊和师承夏承焘，是浙大中文系发挥承前启后作用的第二代学人之代表。现任浙大中文系主任胡可先教授早年跟随吴熊和攻读博士，参与编写《唐宋词汇评》。"吴先生把自己曾认真批阅过5次的《全宋词》交给我参考。"胡可先说，"我拿到书翻开一看，敬佩不已：举凡天头、地脚，甚至是中缝、行间，都写满了文字，充满吴先生的真知灼见。"

岁月流逝，后学晚辈目送一位位大师魂归道山，唯其精神不朽、思想长存。"我们不会忘记，无论是在动荡岁月还是和平环境，浙大中文系前辈学人在历史各个阶段留下了上下求索、坚定前行的足迹和身影。"吴秀明发现，大师们的轮廓随时间之流涤荡而愈显清晰：他们生逢大时代、开创大时代，以超凡的学识与品格凝聚大学之魂，树立学人典范。

薪火相传滋养江南学林

教育部日前发布的首批国家级一流本科课程认定名单中，浙大中文系"宋词经典"赫然在列，入选线上一流金课。

"宋词经典"是浙大通识课程体系中的代表性课程之一，由中文系教学系主任陶然教授主持，胡可先教授、咸晓婷副教授共同主讲。2018年9月在中国大学MOOC课程网上线以来，课程学习人数已超过6万人。

"慕名而来，尽兴而归。"一位浙大学生这样评价陶然讲授宋词的课堂，"将词史发展娓娓道来，历数一位位词坛大家，从词谈到人，又由人转到词，仿佛打开一坛陈酿，邀请时光隧道另一头的苏轼、李清照、辛弃疾等老友小酌一杯，留下满屋余香。"

大学之道育人为本。今时今日青年学子在陶然、胡可先等老师身上收获对中国古典文学诗性精髓的感悟，正如陶、胡等人从自己的业师吴熊和先生的学识和境界中源源不断汲取治学的养分，而吴熊和又是夏承焘的学术传人，亲炙其学而卓然成家。

以中国古典诗词为轴，这条无比清晰的师传脉络绵延近一个世纪。浙大中文系对浙江学林丰沛的滋养，由此可见一斑。

浙大中文系师生系友们至今肃然起敬的，是老一辈名师硕儒无不以育天下英才为乐，把毕生心血奉献给教书育人的事业。

夏承焘曾写《教书乐》一文，称"一切东西给了他人，自己就少了，或全没有了，只有把学问教给人，不但他有得而我无失"。他桃李满天下，如翻译莎士比亚专家朱生豪，语言文字学家任铭善、蒋礼鸿，园林建筑学家陈从周、戏曲小说学家徐朔方等等皆是。

任铭善之子任平也在浙大中文系求学，他回忆自己小时候去夏家做客，常见夏承焘和门下研究生在一起讨论学问，"声调最高的还是夏先生，并且无拘无束，时有爽朗的大笑，将现场的气氛搞得很融洽"。

姜亮夫为培养我国古典文献学人才呕心沥血。姜亮夫晚年的学生与助手、浙大马一浮书院特聘教授傅杰回忆，改革开放后恢复招收研究生，姜亮夫亲自制订了一个"体大思精"的硕士生培养方案。除请中文系、历史系诸教授讲课外，姜亮夫还请地理系陈桥驿先生讲中国历史地理，物理系王锦光先生讲中国科技史，数学系沈康身先生讲中国建筑，教版本学、佛学的老师则是从北京请的。

从中国美术学院请来讲《周易》的老师一度因故要中止授课，83 岁的姜亮夫用毛笔亲写一封短札："专题《周易》报告，无论如何请你讲完，为了孩子们，非为吾辈计也。"傅杰说，至今看到那"为了孩子们"的墨迹，仍禁不住泪水夺眶而出。

姜亮夫先生和学生在一起（资料照片）

某种意义上说，中文系是一个特别"瞻前顾后"的知识专门化教育组织，它本身就充溢着浓重的感念情怀。陶然记得，2012 年秋天，吴熊和先生病重，面对病榻前多年追随的学生，他吃力地对大家说：浙江大学的词学是有传统的，不要让它消亡了。"接引后学，言传身教，薪尽火传。这是吾师的教诲，也是我一直努力践行的。"陶然说。

今日浙大中文系的人才培养，不仅着眼于传承中国文学承载的民族文化传统，也十分注重如何将汉语言文化向世界传播。胡可先说："特别是中文系先后承担实施拔尖人才计划和强基计划，正是致力于培养基础底蕴深厚，能深入参与国际文化交流，发出自己声音的顶尖人才。"拔尖人才 2.0 版着重培养富于创新精神与精英气质，将来能够提升国际话语权的杰出人才。"强基计划"服务于新时代中国优秀传统文化传承与创新的战略需求，在文字学、汉语词汇史、出土文献与古典文学和经学与小学领域，培养能够占领国内外学术高地和话语权的学科引领性人才。

博雅求是铸就学术高地

几代学人薪火相传，浙大中文系形成了自身独特而丰富的学术传统，在浙江思想文化史上产生深远的影响。

陶然认为，中文系的学术传统集中反映在"博雅求是"的系训中——既注重广拓门径以求博雅，又树立求是学风以求专精，从而整合了"浙西尚博雅""浙东重专家"的两浙学风，使之相济为用。

在吴秀明看来，这种学术传统生生不息地贯穿百年而又存活于当下，已内化为几代学人的精神生命，一种支撑浙大中文系当下发展、坚守学术家园的"阿基米德点"。

这一学术传统留给我们的瑰丽结晶，就是浙大中文系引以为傲的古代文学、古代汉语和古典文献学研究，并称"三古"。

古代文学方面，夏承焘的词学研究、王焕镳的先秦诸子研究、胡士莹的话本小说研究在海内外素负盛名。夏承焘、吴熊和的师徒传承，确立了浙大作为中国当代词学重镇的学术地位。

古代汉语领域的研究由蒋礼鸿、郭在贻等名家开创。蒋礼鸿精通文字音韵训诂校勘之学，其代表作《敦煌变文字义通释》是首部集中考释敦煌俗文学作品语词的专著，在语言学史上具有划时代的意义。

古典文献学则是由以姜亮夫为代表的一代学人创建的。姜亮夫楚辞学研究的代表性著作《楚辞通故》被誉为当今研究楚辞最详尽、最有影响的巨著；敦煌学研究代表作《瀛涯敦煌韵辑》对推动中古语音研究贡献巨大。

"在全系、全校的努力和支持下，我们取得过成就，也不得不面临大环境改变给人文学科带来的边缘化冲击。"胡可先说，中文系发展历程中有荣光也有坎坷，但他始终坚信，人文学科承载着超越学科本身的文化教育作用，不会被学科实用化、教育市场化、学术评估标准化等外在因素牵制发展的脚步。

守正创新，更上层楼。从 20 世纪八九十年代开始，浙大中文系的一些新兴学科应时而起，成果丰硕。

现当代文学形成了以浙籍现代作家为主并辅之以小说、诗歌、影视等文体研究的特色鲜明的研究方向与优势。比较文学与世界文学在几代学人的带领下承前启后，欧美诗歌研究、中外小说比较研究等更是在全国学界闯出名堂。伴随文化产业的号角高歌，为适应现实需求的影视文学、编辑出版学等"后起之秀"学科也相继建立。具有学术影响力的重要成果也不断涌现，如吴秀明教授主编的《中国当代文学史料问题研究》，吴笛教授主编的《外国文学经典生成与传播研究》。这样就形成了传统优势与新兴学科融合、基础专业与应用专业并进的渐趋平衡发展的局面。

传统强项"三古"的优势更加凸显。张涌泉开创性的著作《汉语俗字研究》《敦煌俗字研究》等达到了敦煌学研究的极高水平，近年来还致力于对敦煌残卷进行系统全面的缀合。王云路对汉语言文字与礼学研究做出了开拓性工作，出版了《中华礼藏》等集成性成果。还有方一新的《东汉疑伪佛经的语言学考辨研究》，汪维辉的《汉语核心词的历史与现状研究》，胡可先的《新出石刻与唐代文学家族研究》等，都是 21 世纪以来浙大中文学科产生的标志性成果。

"积极加入当下社会改革和国家文化思想建设，发挥作为重点大学人文学科应有的'思想库'和'文化智囊'作用，是我们的使命。"胡可先说。

浙大中文系利用国家语言文字推广基地的平台优势，响应国家《推普脱贫攻坚行动计划（2018—2020 年）》等指导性规划，主持开展了一系列语言扶贫与语言资源保护项目。立足于古代文学研究的丰厚底蕴，浙大中文系投身浙江诗路文化建设，积极组织浙东唐诗之路重要课题的研究，参与制订《浙江省诗路文化带发展规划》与《浙东唐诗之路建设三年行动计划（2020—2022）》，作为重要单位创建"中国唐诗之路研究会"，主持开展了浙江文化研究工程重大项目"浙东唐诗之路诗人诗作研究"。

英雄造时势，时势造英雄。"现在 40 岁左右以及更年轻一代的新的学人象征和代表着浙大中文系的未来，时代对他们提出了不同于我们的新的、更高的要求。"吴秀明说，"我相信他们是不会辜负时代对他们的期待的，他们应该而且完全有能力把浙大中文系引向更加多元、更加开阔也更加美好的未来。"

出处：浙江新闻，2020 年 12 月 18 日
https://zj.zjol.com.cn/news/1585144.html

博雅专精　明体达用：
浙江大学中文系迎来百年系庆

浙江新闻网页报道

　　12月18日上午，浙江大学中文系在浙大紫金港校区求是大讲堂举行百年庆典。

　　浙大中文系滥觞于1897年求是书院与育英书院国文课程的开设，发端于1920年的之江大学国文系和1928年的国立浙江大学文理学院中国语文学门。在百年风雨中，中文系涌现出夏承焘、姜亮夫、王焕镳、胡士莹等著名学者，延续着国学的命脉，在时代画下了浓墨重彩的一笔，成为后辈学人的源头活水。

　　近年来，浙大中文系已发展成为学科齐全、特色鲜明的一个系，其影响遍及全国。秉持着"求是博雅"的系训，以百年积淀为起点，浙大中文系扬起新帆再启航。

出处：浙江新闻客户端，2020年12月18日

https://zj.zjol.com.cn/news/1585497.html

浙江大学中文系百年系庆大咖云集，
千里传音共贺百年华章

翻开《浙大中文一百年》，是一个世纪的历史云烟，是几代学者的薪火相传。浙江大学中文系自 1920 年建系，百年来，浙江大学中文系汇入中国现代教育事业发展的历史洪流，始终引领近现代以来的浙江学风。"江南学林渊薮"的称谓，名副其实。值此建系 100 周年之际，她的历史值得讲述。

12 月 18 日，在浙江大学求是大讲堂"百年中文：浙江大学中国语言文学系建系 100 周年庆典"隆重举行，浙江大学中文系和古籍研究所教师以及中文系学生代表、校友代表，浙江大学人文学部、人文学院、社会科学研究院等各部门负责人，特邀嘉宾复旦大学中文系主任朱刚，浙江省社科联主席、浙江工商大学教授蒋承勇，浙江大学校董吕建明，杭州电子科技大学原党委书记费君清，浙江工业大学原党委副书记肖瑞峰，和媒体嘉宾 200 余人参会。

浙江大学中文系滥觞于 1897 年成立的求是书院和育英书院的国文课程，发端于 1920 年的之江大学国文系和 1928 年的国立浙江大学文理学院中国语文学门。1998 年前的主体是杭州大学中文系，1998 年四校合并后建立新的浙江大学中文系，并由中文系和古籍研究所融合而成中国语言文学学科。浙江大学中文学科语言、文学与文献并驾齐驱，形成以文献史料为基础，将文学与语言、传统与现代、文献与文物、文学与影像、编纂与研究融为一体的研究格局，古今会通，中西兼融，是人文社会科学学科中既有悠久的历史底蕴又有强烈的现代气息的学科。

正是如此，"固本开新"是浙江大学副校长黄先海教授致欢迎辞中特别强调的。他说："浙江大学中文系有着悠久的历史和深厚的底蕴。一百年来，一代又一代的中文人坚持守正创新，心系国家与民族的命运，建立了传承有序的学脉，形成了博雅与专精并重的学术风格，产生了诸如夏承焘、姜亮夫、蒋礼鸿、郭在贻、徐朔方、吴熊和等众多的著名学者，在人才培养、学科建设、教学科研等方面，铸造了辉煌的成就。"他也期待中文系以百年庆典为起点，能更加积极地介入对世界学术之新潮流的研究，坚持基础研究，加强拔尖人才培养，进一步提升国际、国内的影响力，并且在守正固本的前提下，积极开拓创新，努力把握世界变迁之大势，引领未来学术潮流的发展。

作为传承悠远的老牌中文系，浙大中文系百年庆典受到社会各界的关注。北京大学中文系作为兄弟院校特地发来贺辞说："作为传承悠远的老牌中文系，浙大中文系坐临东南，守护着这片土地最深厚的人文底蕴；指顾沧海，迎接着每个清晨最新鲜的霞光旭日。浙大中文系凝结着'东方剑桥'的灵魂，她阅尽沧桑而不固执封闭，明哲入时而不随波逐流，风骨高标而不失于温厚。她有严谨持重的传统学术，也有广阔通达的国际视野。百年以来，浙大中文人坚持着自己的操守，求是求真，以新知识、新思想启迪着民众，引领着学界。"中共中央宣传部副部长、中央广播电视总台台长慎海雄先生在贺辞中深情地回忆说："在杭大中文系求学四年，遇到了一批好老师，结识了诸多好学友，实为人生之大幸，至今引以为傲。"而他认为杭州大学中文系最珍贵的有三条："一为求实，二乃创新，三是包容。"浙江省政协副主席马光明、周国辉先生在贺辞中说："母校中文系在国内高等学府一直是一个十分响亮、光辉的名字，为铸就这张金名片，历届学校领导、历任中文系老师和学者孜孜以求，接续奋斗，为国家培养了无数英才，创造了精湛的学术成果。'三十八年过去，弹指一挥间'。作为恢复高考后的首批中文系学生，我们在母校度过了四年宝贵而难忘的就学时光，难忘导师们的谆谆教诲，难忘同学间的切磋和友情。正是这四年，为我们走向社会、走向更广阔的世界系上了'人生第一个纽扣'、打下扎实的知识和能力。我们一直以母校母系为傲，把她放在内心最为尊贵的位置。"

目前，浙江大学中文系拥有中国语言文学一级学科博士点和硕士点，以及文艺学、中国古代文学、中国现当代文学、比较文学与世界文学、汉语言文字学、语言学及应用语言学、古典文献学等七个二级学科博士点和硕士点；拥有中国语言文学博士后流动站；拥有国家级重点学科中国古典文献学，国家级重点研究基地汉语史研究中心，国家级重点推广基地语言文字推广基地，国家基础学科人才培养和科学研究基地汉语言文学基地班，国家级首批一流本科专业建设点汉语言文学专业，国家级"大中文"实验区教学实践基地，国家级基础学科拔尖人才实施计划 2.0 版汉语言文学求是科学班，国家"强基计划"综合招生改革试点汉语言文学（古文字学方向）等一系列"国"字头的高品级平台。在教育部第四轮学科评估中获得"A"的优秀等级，处于国内学科的第一方阵，在国际同类学科中处于领先地位。

浙江大学中文系主任胡可先教授做汇报发言，他重点谈了中文系百年发展的学统传承和学脉延续。他将中文系的百年学统概括为三个方面：第一，专家与博雅的融合。由宋至清开启的浙东学派与浙西之学，经过中文学科夏承焘、姜亮夫等诸多大师的弘扬，一直传承至今。"浙西尚博雅""浙东贵专家"，两者融合的学风，在浙大中文的百年传统中得到了很好的凝聚和体现。诸如夏承焘先生以温州人传承浙东学派"学贵专精"与"学究于史"的精神，开启词史之学，又坐镇东南与海内外学者声气相通，建立博雅通达的词学体系，成为"一代词宗"。第二，求实与创新的精神。浙江大学中文系值得大书一笔者是它的学统。中文系滥觞于 1897 年的求是书院和育英书院，"求是书院"的创办就孕育着求实精神，育英书院的创办目的是培育英才。百年历史，浙学影响，名师垂范，形成了中文系求是、求实、求真的学术传统。这一传统，在"三古"即古代文学、古代汉语、古典文献学领域表现最为突出。第三，包容与开放的胸怀。学术上，中文系容纳了各种学说，也创造了各种学说；思想上，强调包容理念，提倡独立精神。有包容更有开放，中文系坚持开放办学，激发广大师生的创造力，也是浙大中文精神的一个方面。

1956 年进入浙江师范学院中文系，1960 年从杭州大学中文系毕业后留校任教，2005 年正式退休，任教半个世纪的离退休老教授陈坚见证中文系在蹉跎岁月里的坚守与起落，寂寞与辉煌。他在致辞中有感而发，"在全系师生的不断努力下浙大中文系在教学科研、学科建设、人才培养和文化交流各个方面都建树了独特的成就，积累了良好的经验、信誉和口碑。一百年以来，浙大中文系不仅大师辈出、名家荟萃、学脉相承，而且自成一派，在学术界拥有极高的地位和口碑。"

百年庆典，也标志着新的 100 年从此开始。一代代年轻学子不忘初心，开拓创新。学生代表汉语言文学专业求是科学班 2020 级学生朱泳霏发言，远眺且近观，浙江大学构建的通识教育体系及国际化培养模式直接推进学子在中文学习上的持续性志趣和创新性发展能力。去年，汉语言文学专业加盟求是科学班，体验荣誉培养制度；今年，强基计划迎来第一批古文字学学子。近月，我校求是汉语言更入选教育部公布的"基础学科拔尖学生培养计划 2.0"之列，彰显中文作为基础学科传播与创造知识、弘扬与引领文化的独特地位。

据了解，系庆期间，中文系还举办了各种系列学术活动，诸如举办"中文学科发展论坛"，邀请国内外著名专家开设"浙大百年中文系列讲座"，出版"浙大中文学术丛书"，进行中文名家和校友系列访谈等。

浙大中文系概况

浙江大学中文学科设有汉语言文学、中国古典文献学 2 个本科专业和编辑出版学、影视与动漫编导 2 个方向。

一级学科博士点：中国语言文学；二级学科博士点 7 个：文艺学、中国古代文学、中国现当代文学、比较文学与世界文学、语言学及应用语言学、汉语言文字学、中国古典文献学。

拥有中国语言文学博士后流动站。浙江大学中文学科现有教授 35 名、副教授 26 名。国家重点学科：中国古典文献学，浙江省重点学科 4 个：中国古代文学、汉语言文字学、文艺学、中国古典文献学等 4 个学科。重要学科平台：国家级首批一流本科专业建设点；国家级文科基础学科人才培养与科学研究基地"汉语言文学"基地；国家级基础学科拔尖人才培养 2.0"汉语言文学"实施基地；国家人才培养模式创新实验区大中文人才培养实验区；教育部重点研究中心汉语史研究中心；教育部重点推广基地语言文字推广基地；教育部国别与区域研究基地浙江大学东北亚研究中心（培育）等。汉语言文学（古文字学方向）作为"基础学科招生改革试点"（强基计划）综合招生改革单位。

出处：凤凰网浙江，2020 年 12 月 18 日

https://zj.ifeng.com/c/82ItL5PHg93

浙江大学中文系举办建系百年庆典

2020 年 12 月 18 日,"百年中文:浙江大学中国语言文学系建系 100 周年庆典"在求是大讲堂隆重举行。庆典由古籍研究所所长王云路教授主持。

浙江大学中文系和古籍研究所教师以及中文系学生代表、浙江大学人文学部、人文学院、社会科学研究院等各部门负责人,特邀嘉宾复旦大学中文系主任朱刚,浙江大学中文系系友蒋承勇、吕建明、范一民、费君清、肖瑞峰、张梦新、沈勇、陈越孟等,共 200 余人参加大会,《浙江日报》《钱江晚报》、浙视频天目新闻、凤凰网浙江教育频道等媒体记者也出席了会议。浙江大学副校长黄先海教授出席会议并致欢迎辞。

浙江大学中文系滥觞于 1897 年成立的求是书院和育英书院的国文课程,发端于 1920 年的之江大学国文系和 1928 年的国立浙江大学文理学院中国语文学门。1998 年前的主体是杭州大学中文系,1998 年四校合并后建立新的浙江大学中文系,并由中文系和古籍研究所融合而成中国语言文学学科。浙江大学中文学科语言、文学与文献并驾齐驱,形成以文献史料为基础,将文学与语言、传统与现代、文献与文物、文学与影像、编纂与研究融为一体的研究格局,古今会通,中西兼融,是人文社会科学学科中既有悠久的历史底蕴又有强烈的现代气息的学科。目前,浙江大学中文系拥有中国语言文学一级学科博士点和硕士点,以及文艺学、中国古代文学、中国现当代文学、比较文学与世界文学、汉语言文字学、语言学及应用语言学、中国古典文献学等七个二级学科博士点和硕士点;拥有中国语言文学博士后流动站;拥有国家级重点学科中国古典文献学,国家级重点科学研究基地汉语史研究中心,国家级重点推广基地语言文字推广中心,国家基础学科人才培养和科学研究基地汉语言文学基地班,国家级首批一流本科专业建设点汉语言文学专业，国家级特色专业中国语言文学专业，国家级教学团队中国现当代文学团队，国家级"大中文"实验区教学实践基地，国家级基础学科拔尖人才实施计划 2.0 版汉语言文学求是科学班，国家"强基计划"综合招生改革试点汉语言文学（古文字学方向）等一系列"国"字头的高品级平台。在教育部第四轮学科评估中获得"A"的优秀等级，处于国际国内同类学科的领先地位。

会议伊始，浙江大学副校长黄先海教授致欢迎辞。他说："浙江大学中文系有着悠久的历史和深厚的底蕴。一百年来，一代又一代的中文人坚持守正创新，心系国家与民族的命运，建立了传承有序的学脉，形成了博雅与专精并重的学术风格，产生了诸如夏承焘、姜亮夫、蒋礼鸿、郭在贻、徐朔方、吴熊和等众多的著名学者，在人才培养、学科建设、教学科研等方面，铸造了辉煌的成就。"他也期待中文系以百年庆典为起点，能更加积极地介入对世界学术之新潮流的研究，坚持基础研究，加强拔尖人才培养，进一步提升国际国内的影响力，并且在守正固本的前提下，积极开拓创新，努力把握世界变迁之大势，引领未来学术潮流的发展。

人文学院院长、中文系教授楼含松宣读贺辞并主持赠联仪式。北京大学中文系，中共中央宣传部副部长、中央广播电视总台台长慎海雄，浙江省政协副主席马光明、周国辉，中国社会科学院学部委员、文学研究所所长刘跃进等单位和系友送来贺辞。复旦大学中文系主任朱刚教授为中文系建系 100 周年赠送贺联，由中文系主任胡可先教授接收。

北京大学中文系的贺辞说："作为传承悠远的老牌中文系，浙大中文系坐临东南，守护着这片土地最深厚的人文底蕴；指顾沧海，迎接着每个清晨最新鲜的霞光旭日。浙大中文系凝结着'东方剑桥'的灵魂，她阅尽沧桑而不固执封闭，明哲入时而不随波逐流，风骨高标而不失于温厚。她有严谨持重的传统学术，也有广阔通达的国际视野。百年以来，浙大中文人坚持着自己的操守，求是求真，以新知识、新思想启迪着民众，引领着学界。"中共中央宣传部副部长、中央广播电视总台台长慎海雄先生在贺辞中深情地回忆说:"在杭大中文系求学四年,遇到了一批好老师,结识了诸多好学友,实为人生之大幸,至今引以为傲。"而他认为杭州大学中文系最珍贵的有三条:"一为求实,二乃创新,三是包容。"浙江省政协副主席马光明、周国辉先生在贺辞中说:"母校中文系在国内高等学府一直是一个十分响亮、光辉的名字,为铸就这张金名片,历届领导、历任中文系老师和学者孜孜以求,接续奋斗,为国家培养了无数英才,创造了精湛的学术成果。三十八年过去,弹指一挥间。作为恢复高考后的首批中文系学生,我们在母校度过了四年宝贵而难忘的就学时光,难忘导师们的谆谆教诲,难忘同学间的切磋和友情。正是这四年,为我们走向社会、走向更广阔的世界系上了'人生第一个纽扣'、打下扎实的知识和能力。我们一直以母校母系为傲,把她放在内心最为尊贵的位置。"

浙江大学中文系主任胡可先教授做汇报发言,他重点谈了中文系百年发展的学统传承和学脉延续。他将中文系的百年学统概括为三个方面:第一,专家与博雅的融合。由宋至清开启的浙东学派与浙西之学,经过中文学科夏承焘、姜亮夫等诸多大师的弘扬,一直传承至今。"浙西尚博雅""浙东贵专家"二者融合的学风,在浙大中文的百年传统中得到了很好的凝聚和体现。诸如夏承焘先生以温州人传承浙东学派"学贵专精"与"学究于史"的精神,开启词史之学,又坐镇东南与海内外学者声气相通,建立博雅通达的词学体系,成为"一代词宗"。第二,求实与创新的精神。浙江大学中文系值得大书一笔者是它的学统。中文系滥觞于 1897 年的求是书院和育英书院,"求是书院"的创办就孕育着求实精神,育英书院的创办目的是培育英才。百年历史,浙学影响,名师垂范,形成了中文系求是、求实、求真的学术传统。这一传统,在"三古"即古代文学、古代汉语、古典文献领域表现最为突出。同时在文艺学、中国现当代文学、比较文学与世界文学、语言学与应用语言学诸领域也有显著的表现。第三,包容与开放的胸怀。学术上,中文系容纳了各种学说,也创造了各种学说;思想上,强调包容理念,提倡独立精神。有包容更有开放,中文系坚持开放办学，激发广大师生的创造力，也是浙大中文精神的一个方面。

随后，进入庆典的第二阶段，复旦大学中文系主任朱刚教授，浙江省社科联名誉主席、浙江工商大学蒋承勇教授，七七级校友奖学金设立人代表范一民先生，中文系离退休老教师代表陈坚教授，教师代表吴秀明教授，青年教师代表叶晔教授，学生代表朱泳霏同学先后上台致辞。

朱刚教授在致辞中说："求是就是追求真理，是我们学术研究的唯一宗旨，育英就是为国家培养人才，是教育事业的最高目标，学术研究跟人才培养这两点正好构成学科建设的核心任务，求是育英两个源流汇集到一个中文系，这个契机具有象征意义，1920 年是值得纪念的。"朱刚还着重讲述了浙江大学中文系与复旦大学中文系百年来的紧密联系，也期盼下一个百年继续携手育英。

蒋承勇教授回顾了自己在中文系求学时的难忘记忆，并对中文系未来的发展提出了自己的宝贵意见。他以系友的拳拳之心，学子之情，希望中文系能够挣脱瓶颈，更具辉煌与担当，展翅翱翔。

范一民先生介绍了七七校友基金的相关情况，呼吁中文系提升建制标准，中文人自信自强自立，将中文系的精神一代代传承下去。

陈坚教授经历了浙大中文系近半个世纪沧桑剧变，他在发言中对中文系的发展充满希冀，也希望年轻一代的同仁与学子，守正创新，勇于超越。

吴秀明教授在发言中说："作为一名 50 后，中文系的第三代传人，在浙大中文系将近半个世纪的工作中，也参与中文系这部精彩纷呈大书的书写，成为故事当中的一员及其亲历者和见证者。"他对中文系历史、现实和未来做出解读。他回忆了与中文系名师大家的交往，指出了中文系第二个百年需要面对的环境和需要实现的目标。

叶晔教授回顾了自己在浙大中文系求学与教学的经历，提出浙大中文的青年一代应当担起责任，为浙大中文在第二个百年的发展贡献各自的力量。

朱泳霏同学谈及自己选择中文专业的初衷，简述了求学期间的心路历程，表达了自己的赤子之心和弘扬文化的远大志向。

最后，在奏唱校歌中，中文系建系 100 周年庆典圆满闭幕。

出处：浙大校友网（未署发表日期）

http://zuaa.zju.edu.cn/publication/article?id=11965

"浙大中文"走过一百年：
做好支撑高水平大学的"阿基米德点"

从书卷深处走来，穿过岁月长河，12月18日，浙江大学中文系喜迎百年系庆。

在中国现代高等教育的一百多年里，中文系经历过引领风骚、独占鳌头的辉煌时代，支撑了几乎所有综合性大学的人文声望。作为一门关乎民族母语的学科，中文专业如何根植传统，守正创新，更好地肩负起传承中华民族精神血脉与文化基因的使命？

12月18日，浙江大学中文系在浙大紫金港校区求是大讲堂举行建系100周年庆典。记者　石怡锋　摄

穿越百年风雨，浙大中文系一直怀家国之梦，于回望中寻找前行的力量；而作为在全国中文学科中处于领先地位的"老系"，她也奋力担时代之责，在新文科建设的大潮中谋求自己的发展之道。

群星闪耀，筑精神家园

浙江大学中文系最早可溯源至 1897 年育英书院的建立以及求是书院创立时期国文课程的开设。现代高等教育学科意义上的浙江大学中文系，则肇始于 1920 年之江大学国文系。百年来，中西合流、古今兼融，浙大中文系风雨沧桑的历史折射了中国现代教育事业的发展。

浙江大学求是特聘教授、国家级教学名师吴秀明，是四校合并后新浙江大学首任中文系主任，也是目前中文系在岗工作年纪最大的老师。就他的情感与记忆而言，讲述浙大中文系历史，无论如何不能绕开"老杭大中文系"。

"20 世纪 60 年代、80 年代，可以说是浙大中文系的中兴阶段。"这一时期的中文系，大师辈出，灿若星辰，以难能可贵的两度辉煌为延绵至今的浙大中文系增添了璀璨夺目的精彩华章。"一代词宗"夏承焘、国学大师姜亮夫、文史学家王焕镳（王驾吾）、话本小说研究学者胡士莹、"诗孩"孙席珍等名家大师的风采，成为一代学子永恒的记忆。

吴秀明清晰地记得，80 年代初期，中文系迎新时，姜亮夫先生在旁人搀扶下，颤颤巍巍地走上讲台，以"老马识途"的身份给大一新生进行学术启蒙。姜亮夫先生以毕生精力捍卫中华传统文化的尊严，至晚年双眼几近失明，却留下了极其丰厚的楚辞学、敦煌学学术遗产，也成为浙大中文系后来者们引以为傲的精神标杆。

"当时因为写文章的需要，我还曾在某个晚上敲开姜亮夫先生的大门，向他请教学术疑难问题。先生的悉心指点，让我的文章得以顺利发表，也构成了我学术生涯的一个起点，对我意义重大。"回忆起师辈学者的点滴往事，吴秀明言谈间充满感念之情。

古今兼融，显博雅之风

"中文系是一个特别'瞻前顾后'的知识专门化教育组织。"浙学影响，名师垂范，几代学人薪火相传，浙大中文系尽管外在形式屡历变迁，却能始终坚守学术命脉，逐渐形成了求是、求实、求真的学术传统。这一传统，在中文系的"三古"即古代文学、古代汉语、古典文献学领域表现最为突出。

以古代文学为例，夏承焘的词学研究、王焕镳的先秦诸子研究、胡士莹的话本小说研究在海内外素负盛名。夏承焘广求新知，多方取资，大大拓展了词学的研究领域，取得了全方位的成果。嗣后，师承夏承焘的吴熊和继往开来，卓然自立，在唐宋词学、词学文献学、明清之际词派研究等方面取得了卓越成就，进一步巩固了浙大作为中国当代词学重镇的学术地位。

如今，新一代学者胡可先、陶然等老师亦沿着先辈们的足迹，在中国古典诗词领域潜心育人治学。陶然记得，2012年秋天，吴熊和先生病重，面对病榻前多年追随的学生，他吃力地对大家说：浙江大学的词学是有传统的，不要让它消亡了。"接引后学，言传身教，薪尽火传。这是吾师的教诲，也是我一直努力践行的。"陶然说。

当然，"三古"并不是浙大中文系的全部。事实上，社会时代的发展已使中文原有的内涵和功能发生变化。而从中文学术发展的历史、现状来看，传统的"三古"也需要在方法论和思想观念上不断创新和突破。

"中文系的传统'三古'优势不能丢，同时也应与其他学科平衡协调地发展。"浙江大学求是特聘教授、现任中文系主任胡可先介绍，这些年，浙大中文系也在根据时代发展和客观实际，寻求新的学术突破口。

现在，浙大的中文学科，在总体格局上有了重大拓展。文艺学、中国现当代文学、比较文学与世界文学、语言学与应用语言学应时而起，与"三古"传统相得益彰，影视与动漫编导、编辑出版学发展迅猛，形成了古今会通、中西兼融、语言与文学并包的多元立体的格局，研究方法上也呈现出新兴学科"历史化"与传统学科"现代化"的研究态势。

守正创新，辟发展之道

"昔人已乘黄鹤去，此地空余黄鹤楼……唐代诗人崔颢写的《黄鹤楼》相信大家都很熟悉，不过，原文的第一句其实是'昔人已乘白云去'。"在浙江大学通识核心课"唐诗经典研读"的课堂上，胡可先教授的讲述，让经典名著散发出新鲜意趣。

让胡可先、陶然等老师欣喜的是，近年来中文系的发展表现出了一个老系应有的顽强和执着，在守正创新中行稳致远。

大学之道，育人为本。在新文科建设的大潮下，呼应浙江大学的通识教育改革，中文系将全系最顶尖的老师派去上面向全校各专业本科生的通识课，颇受学生欢迎。

以"唐诗经典研读"通识课为基础，2014 年 9 月 1 日起，浙大中文系还在"中国大学 MOOC"平台上线了"唐诗经典"MOOC 课程，至今共开设 13 个学期，选课人数达 49.8 万余人，其中不乏一些高校的教授、副教授，课程在 2017 年被教育部认定为"国家精品在线开放课程"。而在教育部日前发布的首批国家级一流本科课程认定名单中，浙大中文系"宋词经典"亦赫然在列，入选线上一流金课。

"教学本身出现了结构性调整，培育具有世界胸怀，有全球竞争力的拔尖人才成为新时代的需求。"胡可先认为，今日浙大中文系的人才培养，不仅需要着眼于传承中国文学承载的民族文化传统，也应注重将博大精深的汉语言文化推向世界。"中文系先后承担实施拔尖人才计划和强基计划，正是致力于培养基础底蕴深厚，能深入参与国际文化交流，发出自己声音的顶尖人才。"

在吴秀明看来，中文学科是支撑一所大学尤其是高水平大学的阿基米德点，它会对全校整体学科建设乃至整体精神文化产生重要的辐射作用。

立足自身优势，浙大中文系也在更积极地服务新时代的国家战略需求。比如在练好内功的同时，为浙江乃至中国的文化工程建设，发挥作为重点大学人文学科应有的"思想库"和"文化智囊"作用；依托浙江大学国家语言文字推广基地，担负起语言资源开发和语言扶贫的社会责任。

勇立潮头再出发。站在新起点，浙江大学中文系的下一个百年值得期待。

出处：天目新闻，2020 年 12 月 18 日

https://baijiahao.baidu.com/s?id=1686401125912884718&wfr=spider&for=pc